COLLECTION
LITTÉRATURE
D'AMÉRIQUE

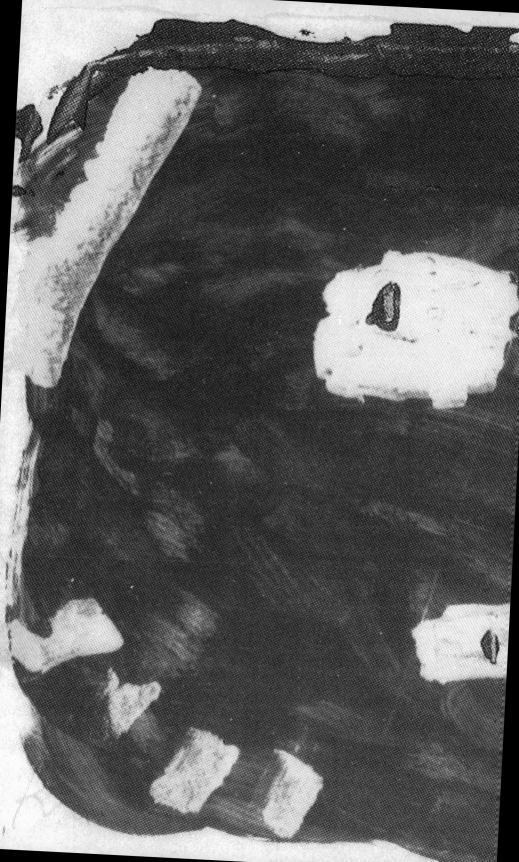

J. Gagnon

LES PETITS CRIS

nouvelles

QUÉBEC/AMÉRIQUE

450, rue Sherbrooke est, 3e étage,
Montréal, Québec
H2L 1J8
Tél.: (514) 288-2371

*Mais non, mais merde,
mais vous êtes pas vrais!*

Jean-Patrick Manchette

La vie sexuelle
des abeilles

Ils reviennent de chez des amis alcooliques. Ils ont bu plus qu'à l'accoutumée. Mais ensemble toujours. Comme les autres. Chaque couple formait un îlot plus ou moins grand, certains une île, d'autres un simple rocher, mais bien détaché, séparé, isolé dans la mer turquoise du tapis houleux. L'hôtesse, femme parfaite quoique trop jasante, robe-bateau flottant sur la cheville, faisait le service. Elle n'offrait pas un autre verre, elle le donnait en tendant un bras à l'air vaguement liturgique, et il eût été fort inconvenant de le dédaigner. Ç'aurait été comme de refuser la canonisation à une bienheureuse. Ou du pain aux pauvres ? «Peuvent toujours manger d'la marde», pensait l'hôtesse. Et l'hôte, son mari, lui lançait une œillade complice.

Ils sont donc un peu saouls. Ils s'avancent dans la chambre. Elle porte son diamant en se lovant tout autour, de telle sorte qu'elle lui sert d'écrin. Cousin germain du Régent, c'est un bijou de famille. Et dans sa famille, les aînées n'apprenaient pas d'abord à marcher : elles apprenaient à marcher *avec* le diamant, et *pour* lui. C'était un apprentissage pénible et mortifiant. Les domestiques s'en moquaient en cachette. Leurs rires désarticulés fusaient parfois de la cuisine, en gros bouillons, étincelants comme les chaudrons de cuivre. La novice du moment ressentait une brûlure, elle fondait en larmes afin d'éteindre le tison, elle criait au pompier. La mère lui disait alors : « C'est assez pour aujourd'hui. Va te reposer, mon ange. » Les ailes repliées, la fillette appréhendait la prochaine leçon. L'élégance germait lentement. Lentement l'élégance perçait la gaine dure du ridicule. Et soudain le miracle : la demoiselle apparaissait dans toute sa grâce. Elle était prête à entrer dans le monde et elle y entrait, blanche cassette de mousseline hésitant un moment sur le seuil. Lui porte sa canne d'ébène dans l'ombre discrète de son pantalon noir. Il la lance et la retient juste à temps : elle touche le sol sans jamais dépasser la pointe du pied gauche. Il est légèrement infirme, oh ! mais tout à fait charmant. Enfant, une chute de cheval lui a cassé le genou. Et le médecin était trop vieux, plus intéressé désormais aux mots croisés qu'aux rotules. Il boite si bien que son boitillement passe pour un luxe ou une générosité de cœur et sa canne, pour un parapluie anglais. On dit souvent qu'il est le tuteur de sa canne. Elle est très belle, très ancienne, unique. Elle a traversé le temps à la main de ses ancêtres, objet de respect, tenant lieu de particule, signe de noblesse immatérielle. Ses doigts y perchent en une poigne molle, mi-fruits, mi-oiseaux. Il effeuillerait ainsi une marguerite, nonchalamment.

Il dépose sa canne sur le lit. Elle dépose son diamant sur la table de chevet, se déplie. Elle se retourne et heurte le seau à champagne. Il attrape la bouteille au vol. Les yeux à demi fermés, un œil goguenard, un œil guilleret, il soupèse la bouteille de Dom Pérignon et l'essuie aux draps. Il taquine, agace, énerve le liège. Soudain le bouchon saute, petite fusée idiote qui vole à travers la chambre et va cogner le lustre de cristal. Elle ne le regardait pas, elle croit qu'on sonne en bas. Sa respiration s'élance pour devenir soupir. Mais déjà le champagne glousse dans les verres. Elle sourit.

Assis sur le lit, ils boivent le champagne à grandes gorgées insipides. Coupe pleine, coupe bue. Le dos se renverse, les épaules le ramènent : on dirait qu'ils se bercent. Les bulles lumineuses montent aux yeux, les paupières les voilent un instant, et ils clignotent. Lui tourne à droite, elle à gauche. Ils se retrouvent dans les bras l'un de l'autre, tordus. Les flûtes tombent sur la moquette en un roulis paresseux de toupies essoufflées. Il n'y a plus de champagne.

À leur tour ils tombent, mais dans le lit. Monsieur appuie. Madame s'écrie. Quelque chose lui perce la colonne, entre deux vertèbres. C'est la poignée de la canne. « Attends un peu ! » Elle le pousse, se dégage, se lève. Du verre éclate et crisse sous sa chaussure. Elle prend la canne. Elle sort de la chambre. Il l'entend descendre au rez-de-chaussée, la main sur la rampe fait plus de bruit que ses pas, puis remonter. Elle rentre. Elle contourne le lit. Et ils recommencent.

Raides comme des branches, mais multipliés, ils ressemblent à deux arbres fous qui lutteraient pour se déraciner. Souvent il lui fait des choses, avec les mains, avec la bouche et le nez, dans les oreilles ou n'importe où, excité par l'obscur désir qu'elle les répète sur lui. Mais pas maintenant. Ils sont parfaitement conjugués. Elle est couchée sur lui, elle détache un bouton, elle lèche. Il est couché sous elle, il détache un bouton, il lèche. Qui peu embrasse devient vorace. Un bouton n'attend plus l'autre. Brusquement ses seins lui tombent dans la face et rebondissent en lourdes gifles bedonnantes. « Pourquoi t'as pas mis de soutien-gorge ? C'est trop vite de même ! » Une couture cède quelque part. Elle se relève et retire elle-même sa blouse. Il en fait autant de sa chemise. Et ils recommencent.

Au petit pet de Monsieur répond un petit rot de Madame.

Ils s'emmêlent, se tressent, se dénouent et se mêlent mieux. Deux monstres de désir : elle a quatre bras, il a

quatre jambes. Ses cheveux à elle sont ébouriffés, il
perd les siens. À tour de rôle dessus et dessous, étourdis,
pâmés, défaits, ils soufflent fort, enfouis dans leurs
décombres. Sa jupe retroussée fait coussin à sa taille. Il
a acheté une nouvelle ceinture dont elle comprend mal
le mécanisme. Il l'aide. Sa main tremble sur la braguette
zigzaguante, qui lentement s'ouvre. Il hurle : la fermeture éclair s'est engorgée dans les poils. « T'as pas de
caleçon ? » Il halète, il grimace et pleure un peu.

Ils finissent de se déshabiller chacun de leur bord. Et
ils recommencent. Et voici que les mains sont plus
grandes que les corps et que des corps, il y en a partout.
Ils disent que c'est orgiaque et que oui oui oui. Elle dit :
« Pas tout de suite. » Il dit : « J'ai envie. »

Il va à la salle de bains. Il hésite. Il ne ferme pas la
porte. Elle voit les fesses se serrer comme deux grosses
joues barbues quand les lèvres se préparent à siffler. Il
attend. Il regarde la cuvette, puis le petit Matisse
accroché au mur. Il attend. Il regarde ses pieds. D'un
seul mouvement, mais c'est impossible, il enlève ses
deux chaussettes. Il rougit jusque dans le dos. Elle sait
ce qu'il pense. Elle s'attendrit sur l'horreur qu'il ressent
toujours à être nu et en chaussettes. Elle la lui fera
oublier. Ils oublieront tout. Il pisse enfin. Il se lave à
l'eau tiède. Il revient vers le lit et elle le voit revenir,
s'approcher. Elle ouvre les bras, elle ferme les yeux.

Un juron explose. Il a marché sur un bris de verre.
Son talon saigne. Il retourne à la salle de bains, poursuivi
par le sang. Il nettoie la plaie, la mouille de peroxyde et
y met un pansement, comme un baiser. Il regagne le lit
sur ses orteils seuls, appuyant son poids sur son genou
rabouté. Il vacille comme un vase sur le rebord d'une
fenêtre, qu'un coup de vent va jeter par terre. Il se
couche.

Cette fois ils ne recommencent pas. Ils sont très las. Leurs lèvres s'effleurent sans donner naissance aux pétales. Puis :

— Bzzzzzzzzz.

— Bzzzzzzzzz.

Et ils s'endorment.

Et la bosse
des bossus, maman ?

— **C**′est quoi un phallus puant ?

— Maman est pas féministe, chouette.

— Pis l'amour ?

Les yeux de la femme se perdirent. Il n'y aurait pas eu de retour possible, chemin retrouvé, sans cette voix enfantine à hauteur de la taille.

— Pis l'amour ?

— Demande à ton père.

— Pis la vie ?

— C'est plate le plus souvent.

— Pis les règles ?

— C'est des affaires pour mesurer les choses.

Silence rauque — si jamais ça existe. Mais la femme n'eut pas le temps de s'y bercer.

— Et la bosse des bossus, maman ?

La mère gifla sa petite fille. Et si fort que la claque, partie de la main, remonta, ondes épineuses, le long de son bras maigre, ondes sinueuses, ondes armées, gravit l'épaule et vint s'engouffrer et se plaindre dans sa bosse. Elle eut mal et peur d'en mourir.

L'enfant cependant gardait les yeux secs.

La chambre creuse

Il habitait une chambre dans une rue tranquille où il y avait beaucoup d'arbres et de l'ombre et des oiseaux. Auparavant il avait habité une rue criarde, pleine d'enfants, de ballons, de poubelles. Mais maintenant non, c'était très calme. Sa chambre avait quatre murs pareils à des os : lisses, nus, blancs, sans photographie ni tableau, sans calendrier ni fenêtre. Il y vivait et aussi il y vivait seul.

Il avait hésité tout un mois avant de louer cette chambre parce qu'elle était située au premier étage d'une maison. Une rue ou une chambre tranquille le rendait tranquille, calme. Mais ainsi pris entre deux sources de bruit, il ne savait pas, il lanternait. Et puis il a su qu'il n'y avait que des chats à l'étage au-dessus, que des chats encore au rez-de-chaussée. Il a apporté sa valise, l'a posée sur le lit, l'a défaite et il a rangé ses affaires.

Et il s'est couché, il a dormi parce que c'était la nuit. Il ne rêvait jamais, il ne rêva pas. Une fois le sommeil bien pris, tout d'une pièce, les éclats d'une lumière peut-être métallique tirent vers les tempes ses paupières fermées. Mais on ne peut pas appeler ça des rêves. Il ne rêva pas, il ne rêvait jamais. Il s'est endormi couché sur le côté droit, les mains sous sa joue, là où la barbe pousse inégale, une main en poing fermé, l'autre ouverte dessus pour la protéger, et les jambes l'une sur l'autre se suivaient exactement, fléchies un peu aux genoux, une cheville ayant toujours la sensation de l'autre, et les pieds presque abandonnés comme il arrive toujours dans le sommeil, et tel il s'est réveillé.

Il est allé travailler. Quelque part.

Puis il est revenu dans sa chambre et la rue, cette première fois, lui apparaissait déjà familière, convertie à lui, charitable. Il a fait comme tous les soirs dans d'autres chambres dans d'autres rues. Avec les précautions d'un objet de cristal qui se mettrait à bouger, il s'est déshabillé. La veste d'abord, la cravate et la chemise, les souliers ensuite, les chaussettes, le pantalon, le slip enfin. Les deux mains un peu, tendrement. Et des mains peuvent-elles être sur le bord des larmes ? Il a soigneusement plié son pantalon, il l'a déposé sur le dossier de la chaise et par-dessus il a mis sa veste. Il a accroché sa cravate à la poignée de la porte. Et près de la porte, talon contre talon, invisible garde-à-vous, il a placé ses chaussures. Il a enfilé son pyjama. Il a pris le reste de son linge, d'abord la chemise, les chaussettes l'une après l'autre et enfin le slip. Il a ouvert la porte, l'a refermée comme un doigt qu'on met sur des lèvres qui ne sont pas les siennes. Une vingtaine de pas pour se rendre aux lavabos. Il s'y est rendu et il a lavé son linge et il l'a suspendu là, à sécher.

D'autres pas, une vingtaine, pour retourner dans sa chambre. Il les a marchés délicatement, en cherchant les chats. Rouverte la porte et refermée comme si on voulait faire taire quelqu'un avant la confidence. Mis le verrou. Tournée la clef.

Il a retiré son pyjama, la culotte et la chemise, du dernier bouton jusqu'au premier. Là, debout, les yeux ouverts et ses deux mains sur lui qui volent mais bas, comme des moineaux pesants, qui ont eu, les mains ensemble, envie de rire, les yeux ouverts, et qui ont ri. Il n'a pas eu d'images, et il y a eu de la nervosité chez les chats, et peut-être était-ce à cause des oiseaux bas.

Il a mis des vêtements propres, chemise, slip et chaussettes, le même pantalon, la même veste, les mêmes souliers, mais il n'a pas mis sa cravate. Il voulait manger, il avait faim. Il est sorti et la clef si nouvelle a hésité dans la serrure.

Il était dehors, sur le trottoir éclairé. Il n'avait rencontré personne. Il n'y a jamais personne dans les escaliers des maisons à cette heure. Il était temps de manger. Il a pris à gauche, il a marché mais toujours rien que sous les lumières de la ville. Paisiblement distrait par sa faim, il cherchait un restaurant.

Puis il y en a eu un juste devant, et il y est allé. En touchant la porte, il a eu une impression d'immobilité, et aussi en l'ouvrant, comme s'il avait ouvert la porte de l'immobilité, comme s'il était entré dans l'immobilité, mais c'était un restaurant. Au comptoir, une serveuse, vieille, fardée, les ongles sales, attendait ou n'attendait pas, c'est impossible à préciser, elle était derrière le comptoir, les avant-bras posés dessus et les mains à plat et les ongles sales, elle ne bougeait pas, elle ne bougerait pas, elle n'attendait peut-être pas non plus et elle ne regardait rien. Mais quand il fut entré, elle l'a regardé, lui, un peu, de loin et sans bouger les yeux. Tout de suite il fut mal à l'aise et il est sorti du restaurant comme on sortirait d'un dessin. Et il s'est aperçu alors qu'il y avait eu un miroir terne derrière la serveuse et que ses épaules très larges mais affaissées y apparaissaient entre les plaques de fumée, et qu'elle avait été vraiment toute seule dans ce restaurant.

Il a cherché un autre restaurant. Il en a trouvé un. Celui-là était plein de monde qui parlait très fort. Quand il y est entré, d'un coup tout le monde s'est tu et on l'a regardé, lui, d'un seul mouvement mécanique. Et tout de suite il a été mal à l'aise encore et il est sorti.

Il a essayé ainsi des dizaines de restaurants. Mais toujours il était mal à l'aise. Quelque détail chaque fois l'empêchait de se sentir bien. Parfois les murs étaient rouges, et il ne supporte pas cette couleur. Parfois l'éclairage était trop vif. Parfois on venait juste d'éteindre les fourneaux de la cuisine. Parfois il n'y avait plus de nourriture. Parfois le propriétaire était mort quelques minutes plus tôt.

Il empruntait d'innombrables rues au hasard, et à un moment donné il y a eu, tracés, un dédale divaguant et un autre à sa suite et un troisième touchant les deux précédents et un quatrième plus vaste recouvrant tout et un autre s'y accrochait lentement et il avait faim et un autre encore comme un fil qui s'enroule, et infiniment. Mais toujours il savait comment ne pas se perdre, comment retrouver sa chambre. Et il ne se perdrait pas et il retournerait sans hésiter à sa chambre.

Enfin, il a trouvé un restaurant. Il avait très faim. Il mangea sans y être trop mal à l'aise.

Ensuite, d'un seul trait, il est revenu dans sa chambre. Mais il n'avait plus la pesanteur de l'appétit pour se distraire et c'était terrifiant. Il a couru un grand bout.

La clef a hésité, ou sa main.

Il a appuyé son dos et tout son poids multiplié par l'effort contre la porte. Il n'a pas pu fermer les yeux longtemps parce qu'il y a pensé, il a regardé ses mains et les ongles étaient propres. Alors il a bougé. Il est allé s'asseoir sur le lit, les bras ballants. Et il s'est aperçu qu'il ne respirait pas. Aussitôt, mais comme une statue de plomb, l'air s'est mis à rentrer dans son corps par la bouche ouverte, entre les lèvres frémissantes, à ressortir de même façon, flanqué de frémissements. Il se forçait à respirer. L'air était trop gros, il avait mal. Lentement, l'air s'est adapté à ses poumons. Il tremblait moins. Ce fut une caresse intérieure, niche ouatée. Il ne trembla plus.

Il s'est déshabillé soigneusement. Il s'est installé sous les couvertures. Il a pris son livre. Il a lu dans son livre.

Il a refermé son livre. Il a éteint la lumière. Il s'est couché. Sa main a cherché le petit objet sous l'oreiller, elle l'a retrouvé, elle s'est repliée dessus. Et l'autre main est venue s'ouvrir sur elle pour protéger l'objet déjà protégé par le poing. Et c'était un camée. Il s'est endormi.

Il dormait. Les éclats de lumière blanche se sont répétés pareils à une diapositive folle et, traversant sous les paupières, ils y faisaient presque des boules.

Le matin, il est allé travailler.

Et il travaillait même le samedi, et il travaillait même le dimanche.

Et sa chambre entre les chats lui plaisait beaucoup. Il apprenait d'elle une sérénité à peine suspecte et certaine chose qui avait peut-être des allures de paix même si, comme une grande malade, elle s'évanouissait souvent. Il avait habité déjà tant et tant de chambres inassouvies, insistantes et trop curieuses, ou accaparantes, ou mauvaises hôtesses, déplacées, sans tolérance ni pitié, inhabitables. Il les quittait vite et reprenait sa recherche si peu interrompue. Et des gens le regardaient passer, sa valise à la main. Mais lui ne les regardait jamais, il regardait les portes des maisons. Combien de fois n'était-il pas allé travailler sa valise endormie dans ses bras ? Et très souvent les voisins étaient semblables à ces chambres, ou c'était les logeuses, véritables mitrailleuses à paroles, dont il croyait mourir sous les salves raides, et il levait un bras devant son visage afin qu'il ne soit pas troué et il levait sa valise devant son ventre, ou c'était les enfants, barbares et sauvages, et quand ils s'approchaient de lui, il voyait s'approcher de lui autant d'inquisitions. Sans le savoir assez pour le dire, il savait cela, que les voisins, les logeuses et les enfants sont méchants. Une fois, mille enfants lui avaient lancé des aiguilles. Une fois, une logeuse avait répandu des bruits terribles, que plus jeune il avait tué quelqu'un et un jour c'était son père et un jour sa maîtresse et un jour une femme très riche et un jour un koala et un jour son amant, qu'il avait été emprisonné pour ce geste, que c'était dans un autre pays, qu'il s'était évadé, qu'il était venu se réfugier ici, qu'il recommencerait parce qu'il était fou, drogué et fou. Une fois, des voisins avaient saccagé sa chambre, brûlant son livre et ses vêtements, déchirant les murs à l'aide de son camée. Et une fois, il avait trouvé cette chambre-ci et il l'avait aimée. Quand il avait posé sa valise sur le lit, il avait senti un soulagement de la chambre, comme une présence ailée autour le lui. Il s'était retourné, il n'y avait personne. C'était bien un abandon de la chambre même, subtil, délié, menu mais presque poignant. Et quand il avait rangé ses affaires, la chambre s'était recueillie — et une chambre peut-elle être attentive ? — consentante chambre, et généreuse.

Sa valise contenait du linge de rechange : une paire de chaussettes, un slip et une chemise, le pyjama, le camée, le livre, une brosse à dents et un verre, une serviette, une débarbouillette dont il ne se servait jamais, un petit savon bleu, un rasoir, un nécessaire à manucure brisé et un vieux pantalon qui avait dû déjà appartenir à un voyageur de commerce. Sa valise ne contiendrait que cela. Et il n'avait qu'une valise parce qu'il vivait seul.

Le vieux pantalon était resté dans la valise et la valise s'était retrouvée sous le lit. Les autres choses avaient trouvé une place facile et définitive. Les chaussettes et le slip sur la chaise, la chemise sur eux, si soigneusement pliée qu'elle apparaissait neuve, le pyjama sous un oreiller, et il y a toujours deux oreillers dans un lit, le livre et le camée sous l'autre oreiller. En prenant le moins d'espace possible, il avait agréablement disposé le reste dans les lavabos. Et il avait été très content.

Mais toujours il y avait en lui un sentiment général, prégnant. À son éblouissement perpétuel, à quoi suffisait un verre d'eau sur une table ou une femme traversant les carrefours à l'heure de pointe ou les ponts de la ville, il se mêlait comme en une pâte de gâteau, qui ne lèverait pas, qui cuirait mal et trop longtemps, qui serait dur, il se mêlait à son perpétuel éblouissement de la vie quelque chose de compact, de cru, de cuirassé. Mais il n'y pensait pas, et c'était par inadvertance quand ça arrivait, ou par manque de simplicité.

Tous les jours et même le samedi et même le dimanche, il travaillait. Après cela, et tous les jours, il revenait à sa chambre par les mêmes rues précises, 420 pas dans celle-ci, il tourne à gauche et marche 3 009 pas dans celle-là et puis il tourne maintenant à droite et il en marche le double dans cette direction et ainsi jusqu'à sa chambre, il savait le nombre exact de pas à faire dans chaque rue empruntée, et c'était toujours les mêmes rues, et il ne se trompait jamais d'un chiffre parce que le plus souvent il marchait en fermant les yeux, il marchait les yeux fermés pour admettre enfin, pour essayer sans relâche de convenir des millions de bruits, des fracas et des bruits, et son pas était si rapide, si pressé, si fugace qu'un autre pas avait déjà pris toute sa forme avant que le précédent ne soit tout à fait complété, et on pouvait croire qu'il marchait sur le bout des pieds, il avait vraiment l'air de marcher sur le bout des pieds comme les kangourous dans les vastitudes d'Australie, cependant que dans son dos, ramassée, il y avait toute la vigilance pointue d'une armée assiégée par une armée

plus puissante, et on pouvait voir cette concentration
fondamentale, là, dans son dos, on la voyait aussi sûre
qu'une bosse de bossu, et il était toujours prêt à se
retourner, à esquiver, à bondir. Tous les jours il se
déshabillait dans sa chambre, ses deux mains jointes sur
lui, le rejoignant, lui, un peu, il enfilait son pyjama parce
qu'il ne savait rien de la réaction des chats face à la
nudité humaine, il lavait son linge de la journée dans les
lavabos, il le suspendait et pendant la nuit le linge
séchait, il revenait dans sa chambre et la porte, la porte
oui, et il y avait de la nervosité chez les chats et de longs
soupirs chez eux quand ses mains palpitantes le dépas-
saient, lui, et il lui arrivait souvent de se mettre à
pleurer, là, au milieu de sa chambre, au-dessus de ses
jambes écartées et, les yeux ouverts, il se regardait
pleurer, et après il se rhabillait, il avait faim, il s'en allait
manger au restaurant parce qu'il avait faim. Et c'était
toujours le même restaurant, et toujours la même table
dans ce restaurant, mais il ne mangeait pas toujours la
même chose. Et il revenait fixement dans sa chambre.
Flux et refus de l'air. Il avait tellement conscience de
respirer qu'il avait mal. Nu, il s'installait nu dans son lit.
Il prenait son livre. Il lisait dans son livre. Il aimait son
livre parce que c'était beau comment on y avait mis les
mots. Il aimait son livre parce qu'il savait toujours que
les pages étaient écrites. Tous les soirs il éteignait la
lumière. Ses mains revenues cherchaient ensemble le
camée sous l'un, toujours le même, des deux oreillers,
ensemble elles le trouvaient, et c'est avec une piété
mouvante de pèlerine ou de miraculée que l'une se
refermait sur lui, tandis que l'autre se refermait sur
elle. Il s'endormait alors. Il dormait et ses pieds ne
marquaient aucun relief tellement ils étaient abandonnés. Il ne rêvait pas parce qu'il ne rêvait jamais. Si
quelqu'un l'avait vu, il aurait pu penser que ses yeux
étaient trop gros pour ses paupières, mais il se serait
trompé, c'était les éclairs blancs, et des fois il y en avait

des rouges (son corps dans ces passages-là se lovait autour de rien), c'était les éclairs lumineux et batailleurs qui frayaient sous ses paupières tels, peut-être, des piranhas pondant sous la carapace évidée d'une tortue, mais personne ne pouvait le regarder, il vivait seul. Il se réveillait tel qu'il s'était endormi. Il allait travailler quelque part.

Une fois par mois, le samedi, il tirait le vieux pantalon rabougri de la valise, il le roulait bien, le mettait dans un sac en papier et il allait travailler. Il portait le sac sous son bras et son bras à cause du sac dessinait vaguement une anse ancienne, et c'était une anse comme on doit en retrouver encore sur les côtes des océans, qui remontent encore des navires noyés, toutes mordues par le sel famélique. Vers midi, il changeait de pantalon. Une fois par mois, le samedi, il ne mangeait pas, il se rendait au pressing voisin, il donnait son pantalon et sa veste à la jeune fille aux bras doux et il s'asseyait contre le grand mur pâle, silencieux, immobile, à peine visible, et il attendait pareillement, c'est-à-dire sans mouvement dans le silence, le sien, et presque invisible, il attendait que son pantalon et sa veste lui soient remis, fraîchement nettoyés. La vapeur abandonnait des luisances et des sons sur les choses, et peut-être pensait-il alors à quelques geignardes immenses et rassemblées, oscillantes sous les lourds sanglots et leur tête comme des ballons mouillés, mais sans que jamais il pût choisir si c'était des mourantes qui pleuraient ou des pleureuses qui mouraient ou des baleines fatiguées ou des plantes malheureuses. Et les bras de la jeune fille faisaient doucement de beaux gestes. Et l'hiver il avait plus froid que l'été.

Il aimait sa rue aussi mais avec prudence. Il avait entendu dire que des bombes se cachent dans les arbres, déguisées en oiseaux frileux. Il avait entendu beaucoup de choses, qu'une rue, une vieille généralement, peut très bien décider de s'en aller ailleurs, que les maisons parlent entre elles de suicide ou des travaux d'automne, que les ruelles sont la mauvaise conscience des maisons, que des toits s'effondrent et des cheminées se brisent parfois. Et il croyait un peu toutes ces choses.

Il y a tous ces gens qui marchent dans les rues, les voisins, les logeuses, les enfants, et d'autres voisins, d'autres logeuses, d'autres enfants, et sans fin. Mais il ne parlait jamais à personne. Il vivait seul et il ne parlait jamais à personne, et peu à peu on préféra penser qu'il était sourd et muet.

Tremblait-il ? Il tremblait d'un tremblement assidu, presque consciencieux, plus long et plus large que sa vie, à la limite de l'indécence ou du scrupule.

Il travaillait même le samedi et le dimanche. Il revenait à sa chambre en traversant le bruit, il y entrait en traversant les chats. Il lavait son linge. Ses mains sur lui, comme des fruits chauds. Il avait faim. Il allait manger au même restaurant. Il revenait dans sa chambre et son ombre, d'un mouchoir agité, ne faisait aucun adieu. Il lisait dans son livre. Ses doigts effaçaient lentement quelques traits du camée, mais l'autre main et sa joue cachaient l'usure. Il s'endormait. Les éclairs gonflaient ses paupières, les entraînant vers les tempes, lui prêtant la silhouette dormante d'un homme du Japon. Et cette foudre bégayante lui resterait à jamais inconnaissable. Et il ne s'expliquerait jamais non plus la présence du camée fondant. C'était là souvenirs sans mémoire. Mais que vaut de plus une mémoire sans souvenir ? Et il vivait seul. Il n'avait qu'une valise. L'hiver il avait froid, l'été il avait chaud. Il ne parlait à personne. Et il vivait seul parce qu'il avait peur.

L'ambulance

pour T. B.

— Regarde ces deux-là.

C'est deux-là s'embrassaient. L'un était horny, l'autre était beau. Ils les observèrent le temps d'une cigarette. Ils surent, mais sans se le dire, qu'eux-mêmes restaient les plus magnifiques du monde.

— Tu rentres avec moi ?

— Non.

— Pourquoi ?

— Parce que c'est toi qui viens à la maison.

Lequel exige ? Lequel obéit ? Ça n'a pas d'importance. À tour de rôle ils chicanaient, fatigués de ne pas être dans leurs propres affaires. Les baluchons faisaient donc la navette entre le petit appartement et le grand. Mais de leur attachement réciproque ils ne se lassaient pas. En quelque sept mois, ils avaient franchi les degrés de l'éblouissement : affection, amitié, tendresse, amour, passion, adoration, dévotion, jusqu'à ceci, de tout cela la somme, mais innommable, souvent douloureux, jamais partagé qu'en secret. Ils n'en parlaient pas, ou alors avec des mots si couverts, si détournés, si métamorphosés qu'à la fin ils ne savaient plus de quoi ils parlaient. Ils se taisaient. Ce n'était rien sans doute, sinon le droit qu'ils se donnaient ainsi, cadeau, présent et merveille, de prendre des airs supérieurs vis-à-vis des autres en s'y frayant un chemin vers la sortie : ils avaient trouvé ce qui n'existe pas.

*   *   *

— On se met tout nus.

— Pis on boit.

— Avant je voudrais terminer mon chapitre. Je l'ai laissé en plan tout à l'heure.

— Qu'est-ce que tu lis ?

— De la science-fiction.

— C'est bon ?

— Non.

Ils le faisaient très souvent, ils découvraient l'extra-ordinaire d'un geste banal à travers leur nudité, à partir d'elle.

Celui qui voulait lire chercha son livre, et l'autre le suivit du regard, partout. Est-il possible de connaître le mystère de l'homme dans une paire de fesses qui se penchent, raie éclairée par une lampe ?

Celui qui ne lisait pas demanda un verre de scotch et pendant que l'autre le servait, il le suivit aussi, dos, reins, fesses, jambes et talons, et le reste au retour de la cuisine, du front jusqu'aux orteils. L'âme de l'humanité résiderait-elle par hasard dans les pieds ?

On pourrait prétendre ici, et avec raison, que ça commençait à sentir le sexe. Mais d'abord ils s'ensaoulèrent.

* * *

— Ferme la lumière.

— Pourquoi ?

— Je veux pas te voir la face.

— Pourquoi ?

— Faut toujours que tu demandes la raison.

— Oui.

— J'y vois comme... un esclavage, une prière, une espèce de désespérance. Je peux pas le supporter. Je me vois moi-même.

— J'éteins.

* * *

L'*Ave Maria* jouait, qui fut soudain enterré par une moto.

— Pourquoi es-tu si merveilleux ?

— Parce que j'ai deux mains, tout juste. Dors.

* * *

— Dors maintenant.

— Pas capable.

Il suffoquait, comme si véritablement un océan voulait forcer sa bouche.

— Ah non ! Qu'est-ce qui se passe ?

— Appelle l'ambulance.

— Pas encore !

— Je t'en prie.

— Ça fait vingt fois que tu me fais le coup. Explique-moi. T'as peur ?

— ...

— T'as peur de quoi ?

Les mots de l'autre manquaient trop d'air pour se former.

— Fais un signe au moins ! T'as peur ?

Il fit oui avec la main.

— De quoi ?

Il haussa la paume.

— Je fais rien si tu réponds pas.

Il vit la main grafigner l'air. Et la main pleurait en se tordant. Et une panique le déchira tout entier, une épouvante qu'il reconnut : c'était la même qui l'avait brisé, enfant, en voyant sa mère en pleine crise de foie.

— L'ambulance.

Ce n'était pas sa mère, il avait vieilli. Raideur.

— Non !

— L'ambulance.

— Non ! Je veux savoir.

— L'ambulance.

— As-tu encore peur des extra-terrestres ?

— L'ambulance.

— De quoi as-tu peur ?

Les mots parfois sont comme des assassins en train de vous tuer. C'est ainsi exactement qu'ils les qualifièrent. Ceux-ci :

— J'ai peur de mourir, je t'aime trop.

*   *   *

Une ambulance les conduit à l'hôpital. Et peut-être y mourront-ils.

Dame Lessard

Il la détestait, cette femme, d'une haine passionnée, farouche, cinématographique.

Un jour, il l'alla voir et lui dit : « Vous mourrez dans l'année : un cancer vous ronge. »

*　*　*

Elle mourut dans l'année, en parfaite santé — si ce n'est de grands cernes partout autour des yeux, et jusque sur la langue.

Une chanson
de Françoise Hardy

— P oum poum poum poum poum.

Ça n'était pas ça du tout.

— Poum poumpoum poum.

Totalement fantaisiste la note au-dessus de chaque syllabe. Et qui blâmer ? Aucun intérêt, jamais, pour le solfège. Ni pour la poésie, fût-elle western. Western ou country ?

— Poumpoumpoum poum poumpoum.

Il n'en avait eu que pour la chimie — véritable vocation !

Oui, mais voilà. Sa thèse de doctorat, il l'a abandonnée la semaine dernière. Et encore : comme un serpent dédaigneux sa peau, *avant* la mue saisonnière.

*   *   *

Il y a des histoires, on ne sait pas comment ça part.

La sienne, c'est ainsi. À peu près.

*   *   *

Il se rasait. Il s'est coupé à la tempe parce qu'il n'avait pas dormi de la nuit, parce qu'il était neuf heures, parce qu'il serait en retard à la conférence. L'oreille lui bourdonna. De la mousse ? Non. Il n'y avait rien.

Le conférencier était lui aussi en retard. Ils entrèrent dans la salle ensemble. Ne se sont pas serré la main. Se sont à peine regardés. Mais dans cet instant-là, leurs yeux s'allumèrent de la même lueur comique : au petit pansement de sa tempe répondait, bien qu'un peu de travers, le gros pansement sur le menton du conférencier.

Il n'écouta pas la communication. Son oreille répétait son bourdon du matin. Il y mit la paume, appuya jusqu'à ressentir la chaleur de la succion, l'enleva. Le bruit était maintenant une note. Une note toute seule, poussée et tirée par elle-même, lancinante.

L'ignorance obtuse d'une chose a besoin d'une image qui l'excuse. Pour lui, une note soufflait comme une locomotive et en entraînait d'autres à sa suite, minuscules wagons plus ou moins rapides, voire — dans la grande musique — des trains entiers de passagers.

Ses lèvres se mirent à imiter la note.

Poum... Poum... Poum... Poum...

Le conférencier s'est arrêté au milieu d'une phrase pour observer cette bouche de poisson idiote. Il ne s'en est pas aperçu.

Poum... Poum... Poum...

Il quitta à la pause et rentra chez lui.

Poum... Poum...

Un souvenir fondant lui revint dans la baignoire : une chanson d'il y a longtemps, écoutée avec les amis, jugée par lui d'un romantisme quétaine, risible, appauvrissant.

Poum...

Celle-là ? Et qui la chantait ? Chanson niaiseuse, pourtant très douce, presque murmurée, quasiment inexistante. Un filet brodé ténu pour la pêche aux sirènes. Une femme la chantait. Mais quoi au juste ?

Toute la soirée, parfaitement immobile, debout au milieu de l'appartement, à écouter cette note aller et venir dans un bercement furieux de tête folle qui affronterait des barreaux de fer, à vouloir la déplier, l'étendre, l'ouvrir, la disséquer. En vain — comme une ablation rénale sur un pou.

Poum... Poum...

Et la nuit fut pareille. Et il connut les rêves des statues. Et pareil le jour suivant.

Puis il se rappela quelque chose. La chanson. Il s'agissait d'un départ, sans train ni bateau, sans accessoires — sans rien qu'une paralysie tragique de l'être, comme un enfermement d'humain dans une sculpture — il s'agissait — du moins le croyait-il, sinon il l'imaginait merveilleusement — d'un départ intime : une rupture.

Cependant n'était-ce pas plutôt un fantasme de statue ?

Il put bouger. Alors il sut, avec cette certitude inévitable de retrouver des plages sur le bord des mers, il sut qu'il avait raison.

Mais cette connaissance empira sa hantise. *Hanter* veut très exactement dire qu'une présence continuelle tourmente et accable. Il se mit à vivre en cancéreux : dans l'attente. Ça lui donnait un air éberlué de poule qui vient de choir sur le dos d'une vache, sans savoir d'où elle a bien pu tomber. En cette panique de gallinacé, il pinçait les lèvres, dodelinant la tête, parfois le croupion, des crampes d'œufs dans le ventre.

Poum... Poum... Poum...

Il pouvait bouger certes, mais le faisait à peine. Il restait assis le plus souvent. Chaque jour, dormait pas une heure. Ne mangeait pas, sauf une pomme vers minuit.

Poum... Poum...

Et la minuscule note alvéolaire avait fini de construire sa monstrueuse ruche, laquelle voltigeait autour de lui, acérée comme une meurtrière.

Cette chanson oubliée arpentait le destin de lui.

Hier ? Aujourd'hui ? Demain ? Quelque part il avait lâché l'université — comme un pet.

Il se promenait quelquefois. Un peu plus d'espace afin que le sang ne se coagule pas. Ses mouvements s'élargissaient en se raréfiant, appesantis par un allégement prochain, obligatoire. Il vaut mieux comprendre : cet homme-là, qui devrait franchir les Rocheuses chargé de nitroglycérine, ainsi marcherait-il.

Et cette note, tortue retournée. Tortue, torture : signe de filiation des gigotements de l'une aux gigotements du supplicié. Lenteurs, et de la carapace maladroite vers l'océan et des gestes habiles du bourreau.

Et l'urgence, un soir, cassa sa vitre et lâcha lousse sa fanfare.

Il sortit. C'était l'heure du premier last call.

Les rues comme des allées de jardins parisiens.

Poum... Poum... Poum... Poum...

Le rythme l'amena dans un bar.

— Last call !

Et voici qu'il entend la chanson :

> *Pars et puis tant pis pour ce que tu es*
> *Pars et puis tant pis si tu n'as pas su m'aimer*

> *Tant pis pour tout ce que tu n'es pas*
> *Tant pis pour toi et pour moi*
> *Tant pis pour tous ces jours*

Ce n'est pas du lipsing. Il gueule vraiment la chanson. Les notes et les mots déroulent sa mémoire. Et la chanson rejoue.

> *Pars puisque nous sommes encore pires*
> *Que le jour et la nuit*
> *Puisque nous ne pouvons rien nous dire*
> *Sans avoir à en souffrir*
> *Pars sans me dire un mot*

Et il la gueule encore. Il enterre les speakers et le monde. Et soudain, comme une foule avide, il voit devant lui le visage qu'il a quitté de l'amant qui l'a quitté.

Les larmes déchirent ses joues.

* * *

Et puis il y a des histoires, celle-ci à peu près, on ne sait pas comment ça finit.

Cette salope de Jeanine

— **E**lles vous font un joli pied, madame.

La cliente leva vers lui un visage tout à fait candide, n'eût été le regard : les chaussures rutilantes y décochaient des lueurs de strip-tease.

— Vous trouvez ?

— Certainement, madame.

Un jupon battit l'air en même temps que les cils. La cliente hésitait.

— Je ne sais pas.

— La décision vous appartient, madame.

Elle se toucha les cuisses et son geste libéra les jarretelles. Elle leva les jambes, fit tourner ses pieds, poursuivant l'étude des escarpins : les bas étaient enlevés.

— Sérieusement ?

— Il n'y a pas de quoi rire à vendre des souliers, madame.

La cliente pouffa en se trémoussant le derrière. La culotte prit son envol de nylon et vint tomber sur l'épaule du vendeur.

Elle fit quelques pas. Il la voyait de dos : une rigole de sueur mouillait la raie. Elle était de profil : un lourd mamelon, granuleux comme une cuillerée de tapioca, lui écrasait le sein. Elle fut de face : entièrement nue et inexplicablement vêtue.

Il avait l'habitude.

— Alors ?

— Madame, vous êtes ravissante.

— Et alors ?

— Malheureusement, je suis pris ce soir. La prochaine fois peut-être.

L'orgueil se récria. Elle se cacha derrière ses bras croisés. Geste classique mais inutile : sa nudité pantelante dépassait de tous côtés. Court bonheur, un rideau passait, qui la recouvrit. Elle paya avec une rapidité confondante et emporta dans une boîte trop petite ses chaussures et sa honte enveloppées de papier de soie.

Cette cliente-là s'était déshabillée, signe qu'elle appartenait à l'espèce morganatique : où la beauté du visage transcende encore l'âge, où une mondanité très noble se mélange à une intimité de roturière (une robe de princesse italienne sur des dessous rapiécés de femme de chambre) et où, enfin, l'ingénuité de la chasse n'a de pair que l'art de faire cuire le gibier — extrême hôtesse, elle a par exemple baisé tous les clercs de son papa notaire, restés ses amants et devenus les associés de son mari, personnage d'Outremont. Autre espèce, autres mœurs : une diversité incroyable de techniques paradait devant le vendeur. On lui proposait l'apéro ou le café, le dîner chic ou le sandwich, une simple promenade ou une croisière, un Dali, un diamant, une Porsche, un camion. Déjà offerte, l'épouse offrait parfois l'époux, la mère sa benjamine.

Généralement les clientes venaient une deuxième fois. Il les reconnaissait à un air de familiarité tendu, bientôt injurié. Il les faisait toujours servir par le même collègue, préféré de lui à cause de sa transparence. Elles remettaient les pieds dans leurs savates sans jamais plus les remettre dans la boutique. Il n'en avait cure, l'échoppe ne lui appartenait pas.

La mesquinerie, toge mouvementée d'affronts, rendait ses jugements : c'était un esthétisme prolétaire, un snobisme de téléroman, un ascétisme néologique («L'ascétisme comme péché, ma chère.»). Et pourtant. Ses refus, répétés jusqu'à gaga, ne procédaient ni de ci ni de ça, mais d'une nécessité essentielle : il était impuissant. Et non encore d'une impuissance approximative, *il ne bandait pas*. En vain gardait-il la pose : comme de ces trop vieux Kodak, le petit oiseau ne s'échappait pas.

Il ne bandait plus.

À chacun son Waterloo, son Brutus, son Canada. En crève, en sort ou en bloque. Sa défaite à lui : Jeanine. Moribond, il en avait émergé à reculons, oubliant certain morceau et tellement barré, renfrogné, *rentré* que maintenant il pisse assis.

Il travaillait à la boutique depuis un mois à peine et déjà il avait l'embarras du choix. Que préférer ? Une semaine à New York ? Une Volkswagen usagée ? Un système de son ? Une garde-robe japonaise ? Un chien anglais ? Mais ce n'était peut-être pas assez ? Finalement ses exigences allaient régler la question : il succomberait à celle qui lui donnerait un vingtième étage meublé avec garage garni en sous-sol. Histoire de voir venir à l'aise la mascarade affamée des suivantes.

Dès lors, confortable en son rêve, avachi jambes ouvertes, toute jeunesse dehors, poseur, beau, mais beau ! il attendit.

Les mises augmentaient : un rez-de-chaussée en banlieue, un premier sur la rue Crémazie, un cinquième au Copper Building, un neuvième dans le centre-ville. Il en ressentait parfois de petits vertiges qui lui chaviraient les lèvres en sourire.

Soudain elle entre — comme un couteau dans un ventre. Tourne le bouton de l'encan. Clin d'œil qui dégouline sur la joue.

— Moé, c'est Jeanine...

Il l'interrompt quasiment par une risette : dans ses fantaisies pubères, toutes les cochonnes s'appelaient Jeanine.

— J't'imagine. T'avais don' hâte d'êt'e grand pour savoir comment c'était la vie ! Pis, t'aimes-tu ça ?

Le clin d'œil trébuche dans le cou.

— T'sais, la mondanité, c'est un style parmi des tonnes d'aut'es. J'vas t'en apprend'e un de style. Le mien. As-tu envie ? Tais-toé, ma beauté. Réponds pas tusuite. Je r'viendrai la semaine prochaine.

Et lui, figé comme un poignardé, il ne l'avait même pas vue.

Mais la Jeanine lui était réapparue le jour même, dans son sommeil. Masse sombre, sans traits, sans membres, fumante d'odeurs, elle riait ainsi qu'éclatent à la queue leu leu et les volcans et les orages et les bombes.

La semaine roulait, roula sur les heures en grinçant de temps en temps. Une aveugle à l'essayage : « J'les trouve pas ben ben jolis, ceux-là. » « Mais, madame... » « Ostinez-moé pas, vous ! » Chausse, déchausse. Chausse, déchausse. Il arrivait parfois ceci : des vieux souliers montaient vers lui d'aigres effluves, mais comme de minuscules angelots invisibles, comme des secrets d'oursons chuchotés trop bas, comme la plainte d'un dahlia qui se pâme, comme l'ombre d'une perle glissant sur l'herbe. Plus distrait que d'habitude, il ne pouvait penser à nommer ses images. Le reste était normal.

La semaine écoulée, elle revient. Occupé à enlever une chaussure têtue à un pied bot, il ne la voit pas.

— Allô, ma beauté.

Il se retourne à genoux. Vision d'horreur ! Jeanine est une mocheté répugnante, une boule sordide, un tonneau de pus. Tranche de gras, la langue lui pend sur la lèvre. Ses bajoues s'affalent et s'étalent sur ses épaules. Elle culbute toutes les définitions de la saleté. Fosse ouverte sent la charogne, mais sent la rose à côté de Jeanine.

Il se prend la gorge à deux mains et il serre sans parvenir à s'étrangler plus, à s'étouffer mieux que Jeanine, immobile, là, Jeanine, ici.

— Tout doux, ma beauté. *Calma... Calma...*

La langue italienne a toujours un effet extraordinaire : elle repose, détend, amollit jusqu'à l'évanouissement.

— Je r'viendrai.

Et il s'évanouit réellement.

Lorsqu'on empruntait jadis la toute nouvelle Via Appia, il devait être possible, une fois les chars disparus dans l'horizon, de percevoir un bourdonnement souterrain, une sourde lamentation amortie d'espérance : des foules priaient dans les catacombes. Dans la boutique, les chalandes incrédules examinaient le vendeur étendu. Elles se penchaient sur lui, se redressaient, haussaient les sourcils pour bien écarquiller des yeux qu'elles lançaient à la ronde, se grattaient la tête, enfin se débouchaient l'oreille : du corps s'échappait une rumeur de grosse horloge.

En effet, l'engrenage s'ébranlait sous la syncope. Procession d'or partie dans la nuit, le désir attendra désormais le zénith de ses soleils pour briller de tous les incendies.

Mais si simple, ce serait ennuyant. Le dégoût du vendeur longtemps crachera sur la mèche — cette mèche moqueuse, étanche comme un aquarium.

Ses journées s'enfilent sur une longue panique : il aperçoit Jeanine, son corps commande les attitudes de la fuite, aussitôt arrêtée : Jeanine n'est pas là. Ses nuits débordent de visitations : Jeanine le touche de ses mains poisseuses, il transpire, il frissonne, elle insiste savamment, elle aplatit les picots de la chair. Parfois, puis de plus en plus souvent, les rictus du vendeur s'adoucissent en sourires, et ses dents luisent sous la lune autant que sa timidité.

Les cauchemars travaillaient à une moitié de l'événement. Jeanine fit le reste. Elle avait la manière. Tranquille et virtuose, elle tissait les cordes de ses lyres en un filet magistral. Même en reculant il s'y avançait, car le piège était un cercle au milieu de quoi il se tenait, trou de beigne qui s'imagine chou à la crème.

Pendant trois mois Jeanine ne pénétra pas dans la boutique. Appuyée à la vitrine, elle l'observait intensément jusqu'à ce qu'il s'en rendît compte. Il la voyait, le visage torturé par des haut-le-cœur, mais jamais n'avait le temps de la regarder : rapide comme un express, Jeanine avait disparu. Chaque fois, il devait laver la devanture des taches qu'elle y laissait.

C'était une grande artiste. Véritables chef-d'œuvres, ses taches avaient des élans prodigieux de lumière, des arrêts magiques de couleurs, des précisions inhumaines dans le tracé. Il était sensible à l'art. Il remarqua tout de suite les dessins mirifiques. À mesure que son éponge perdait de l'amplitude, ceux-ci au contraire gagnaient en indicibles merveilles.

Après quelques semaines, il refusait brutalement de nettoyer la vitrine. Jeanine elle-même devait s'y essuyer un trou de serrure afin de l'observer.

Finalement le patron fit venir les vitriers. Et Jeanine resta absente.

Et lui tomba amoureux.

Dans l'univers de cet amour, ni demeure, ni couche, ni baisers. Il n'y avait rien que cette soif, cette faim, cette envie, toutes folles, démesurées, râlantes et déchireuses, de la regarder, dût-il s'y broyer les yeux. Oui, il était prêt à donner ses yeux verts pour la contempler une heure.

Jeanine le savait. Elle vint le chercher. Traîne obéissant aux moindres détours de l'escalier, il la suivit dans sa chambre. La porte s'ouvrit sur une propreté définitive, monotone, *arrêtée*, éternelle — comme si elle avait dû, Jeanine, porter continûment sur elle-même, à elle seule, toutes les laideurs du monde, objets, bêtes et gens, et pareillement les mines de charbon et de soufre, les shops où se coud la poussière du coton, les latrines de vieillard et les vieillards y gisant.

Plus jeune, afin d'apaiser la rudesse de ses visions lascives, il avait des rêveries religieuses. Cela se passait dans des paysages sauvages et doux. Il entendait des sons monter soudain de là-bas, derrière la ligne de peupliers sans doute, mais si paisiblement qu'ils ne dérangeaient pas le silence. Il s'en approchait sans aucun effort, sans perdre son chemin. Et c'était des harmoniques de riches couventines très belles et très pieuses. Il les découvrait subitement. Elles se révélaient à lui presque immatérielles de pureté. En ces moments de vacance totale, il se sentait une âme, il voulait toujours être bon et toujours faire le bien, bandit au

grand cœur. Rassemblée par le chant, la chorale restait
éparse : chaque jeune fille était couchée dans une cellule
identique, blanche, de lavande parfumée, fraîche comme
une serviette de palace, et identique aussi à cette
chambre, maintenant verrouillée, de Jeanine. Tout y
était blanc : les murs, le lit et l'édredon, la chaise, le
plancher, le plafond, l'ampoule, les persiennes à demi
fermées.

— Vas t'assir dans l'coin, ma beauté. Aujourd'hui tu
vas rien qu'me r'garder.

Une pensée le cingle : « Quoi ! » — mais déjà elle ne
peut l'atteindre. Les grands vents de l'extase, remarquez
les désordres du cheveu, le soulèvent de terre, il vole,
voyez-le, oh, voyez-le voler.

Il est assis. Rivé. Ravi.

Jeanine se dénude. Elle parle :

— On n'est jamais assez tout nu, ma beauté.

Elle dit :

— Rien qu'me r'garder. Tu restes là. Tu bouges pas.
Tu t'approches pas. Tu cilles pas. *Regarde* !

La vue d'elle qu'il avait de sa chaise, ah ! c'était une
vision ! Vaste panorama de chair et gaspillage de viande,
elle devait contenir une bonne douzaine de femmes
replètes. Une orgie, Jeanine. Reproduction en pied de la
fontaine de Trévi, la peau s'écroulait en cascades,
cataractes et chutes. La graisse bruissait aux poignets,
murmurait aux bras, au ventre et aux cuisses elle
hurlait. Ses couleurs ténébreuses ne lui venaient pas de
la lumière brisée par les persiennes, mais de la crasse
épaisse qui la beurrait. Elle se tenait toute droite au
centre de ses odeurs compliquées, écœurantes, tel un
menhir au milieu de mille boas. Une salive inconnue
commençait à monter en lui.

— Regarde ! Regarde !

Elle se retourna. S'empoignant les fesses, elle les écarta pour en faire jaillir l'anus : le monstrueux baiser roula jusqu'à lui. Il pleura.

En ce premier juillet, raide sur sa chaise dure, de délices il pleura.

Il ne devait la revoir qu'à la fin de ce mois.

— Maintenant tu vas m'sentir, ma beauté. Just' avec ton nez. T'as pas besoin d'tes mains. Il faut toujours que tu m'écoutes.

Du nez, il effleura la fleur, multipliée aux dimensions d'une brousse. La fleur de Jeanine. Et il pleura encore.

Leurs rencontres devaient être mensuelles et commandées par elle. Et chaque fois il pleurerait.

— Asteure, tu vas caresser. As-tu compris ? Des belles caresses. Comme t'en n'as jamais faites avant. Fais-moé tes mains légertes, ma beauté. J'veux voir aucune trace. Comme une brise. Comme une plumule. Comme une broderie. Tut tut. Comme un nuage dans les yeux d'un enfant content. Tu comprends rien baptême !

Elle a répété. Comme un bain chaud. Comme... Comme... Jusqu'à ce qu'il eût dépassé la perfection.

— Aujourd'hui tu vas m'licher.

Il se mit à la lécher. Océanique en son mouvement, il léchait. La langue bientôt ne suffit plus. Il lui prit des bouchées, il mordait parmi les cris de Jeanine.

— Pince-moé itou. Frappe-moé. Plus fort, ma beauté. Plus fort que ça.

Elle eut beaucoup de misère, ce jour-là, à se contenir, débordée par une rage démentielle.

Et le temps de la somme s'en venait.

— Regarde. Sens. Caresse. Liche. Liche, mon christ. Mords, pince, frappe, fais-moé mal. Aie pas peur, chus coriace.

Hypnotisé, mécanique, étourdi, il se soumettait aux prières lancinantes de Jeanine comme à des décrets trop puissants. Elle ne s'arrêta plus.

— Fourre-moé. Vas-y! Fourre-moé. Encore. Plus loin. Rentre. Rentre partout. Fourre au fond. Fourre partout. Fais giguer tes p'tites fesses, ma beauté. C'est-tu dévergondées, ces p'tites fesses-là? Good. Good. Lâche rien, tu t'en viens juss pas pire. Fourre.

— Tu pues, maudite grosse torche.

— Fourre, pis tais-toé.

— J'aime ça.

Les talons hauts crevèrent le matelas. La bourre sur eux se répandit en flocons géants. Et les orgasmes les laissèrent pour morts. Des morts respirants.

Ils firent cela tout l'hiver.

L'ardeur des étreintes se propagea à l'extérieur: autour de la maison de chambres, la neige tombée fondait aussitôt.

Il travaillait dans l'absence de son être. Il n'avait pas conscience que les clientes achetaient des bottes plutôt que des souliers. Il ne voyait les femmes ni leurs sparages de séduction. Jeanine lui était tout, et son sommeil même: il en sortait sans le faire, en somnambule. Une unique impression ininterrompue: celle d'un grand collier généreux, et combien consenti, autour de lui. En rentrant chez elle le soir, il s'agrippait à sa laisse infaillible, à son désir d'elle, morbide, à son bonheur.

Il s'était accroché là-dedans, cet intenable cruenté, et maintenant il s'y raccrochait, entêté, opiniâtre, comme une phase terminale à la vie.

Les infinis des amants se rejoignent parfois. Se séparent aussi, infiniment.

Jeanine l'abandonna.

Simplement elle ne fut plus là.

Et il inventa le malheur. Il fallait donc réapprendre à vivre ? Avec ça ?

Lentement, dans des lenteurs d'infirme, dans des lenteurs d'immortalité, il tâcha de remplacer Jeanine. Femmes, hommes, truies, dépotoirs, charognes, absolument rien n'y réussit.

Pendant dix années, lourdes du poids de dix siècles, il ne cessa pas sa folle gravitation autour de Jeanine en allée, en des cercles doublement astronomiques : et d'astre et exagérés.

Et pendant dix années de siècles, il le sait, que son attirance vers elle est immarcescible.

Alors, en un autre premier juillet, il se décide. Un bateau humide sur le cœur, il se dit adieu à soi-même. Il se quitte. À jamais perdu pour le désir. Égaré dans son amour enchevêtré, pas plus avant explicable. Seul, mais *vivant.* Seul comme un œil de cyclope.

Et personne ne saura ce qu'aurait été sa vie s'il n'avait pas connu Jeanine.

*   *   *

— Elles vous font un joli pied, madame.

Le nombril de la terre

J ean Ditomaso fut le premier à mourir.

Bien avant qu'il naisse, quelqu'un — et c'était un Ditomaso — entreprit de lui construire une vie nouvelle. Il y a très très longtemps, Giuseppe Ditomaso quittait l'Italie et traversait toutes sortes de mers, des tempêtes, des continents, des nuits noires, des nuits pâles, à la recherche d'une terre un peu immobile à travers les vagues. Celle-ci était trop immobile, il redouta l'immersion comme un sous-marin démodé. Celle-là ne l'était pas assez pour endormir les enfants en les berçant. Il continua à naviguer, patient, bon marin. Il navigua longtemps, bon marin vieillissant. Un jour il remarqua qu'un oiseau planait au-dessus du bateau. Il sourit. L'oiseau revint le lendemain. Il sourit encore. Et l'oiseau revint le surlendemain et Giuseppe Ditomaso, cette fois, sourit sérieusement. Il prenait les cercles de l'oiseau pour des signes. Il suivit l'oiseau. Il y eut un point là-bas, mais si loin qu'on ne savait pas s'il appartenait au sol ou au ciel, et le point devint tache. Il y eut la bouche d'un fleuve par où s'écoulait la mer, puis ce fut le fleuve qui s'écoula dans la mer, et la tache devint terre et la terre, forêt. Une main tient un bouquet de tulipes : il y avait un rivage sous les arbres. Giuseppe Ditomaso accosta. Plié comme un message sorti d'une bouteille, il se mit tout de suite au travail. Il abattit deux, trois,

cent, mille arbres. Il ne ressentait aucune fatigue tellement il était près des racines.

Le bruit de la hache et les chansons mélodieuses de
Giuseppe Ditomaso attirèrent des gens — qui arrivaient
tous par-derrière. Le bruit de la hache s'amplifia. Aux
chansons italiennes se mêlèrent d'autres chansons. Les
langues se mélangèrent : des enfants sont nés. On
fonda un village.

Bien sûr il y eut d'autres Ditomaso, innombrables.
Des femmes — on les a perdues parce qu'elles perdaient
leur nom — et des hommes. Mais l'important, c'est Jean
Ditomaso : avec lui cette histoire commence. Et à un
moment donné on oublia l'âge du village, c'était désormais une ville. Celle-ci.

Ce fut donc au tour de Jean Ditomaso à naître et il
eut une enfance.

Les jours sur les jours comme des planches sur
d'autres planches, imperceptiblement, son existence se
bâtissait. Les saisons souvent y réaménageaient l'espace,
ou des événements parfois : saouleries, mariages, feux
de récoltes.

Une fois, mais cela il ne le crut pas parce qu'il n'avait
jamais regardé que ses yeux dans les miroirs, il fut
vieux, et si vieux qu'il aurait eu besoin d'un ascenseur
pour parcourir sa vie d'un bout à l'autre, si vieux que
des araignées entre ses doigts tissaient de fins hamacs
où déposer leurs petits.

Et c'est ainsi que la mort de Jean Ditomaso a
commencé.

Il se mit à entendre des sons dans sa tête. Un
grondement formidable et tenace le secouait tout entier,
et Jean Ditomaso prenait sa tête entre ses mains, à la
mode des trop vieux vieillards, et ses mains étaient si
grandes que de loin on a cru qu'il portait un foulard de

femme, ou alors il guettait désespérément le passage d'un invisible avion. Peu à peu le vrombissement se détacha de lui-même en précisant les choses. Les choses ne mentent pas. Et c'était une pelle mécanique qui creuse, du ciment qu'on mélange à l'eau, du ciment qu'on coule, et la respiration très lente du ciment qui sèche, du bois qu'on scie, du bois qu'on cloue, et combien Jean Ditomaso avait mal à la tête, du bois qu'on cloue, du bois qu'on scie, des briques qu'on empile en cheminée, du goudron répandu sur le toit, des fils électriques dévidés qui se glissent et coulent entre les murs, et l'envie de se pendre qui vous serre soudain à la gorge, des vitres qu'on pose, et une vitre malhabile qui se brise, des portes qu'on ouvre et qui grincent dans leurs premiers gonds. Et puis voici qu'on suspend quelques rideaux, accroche quelques serviettes, déplie quelques draps, on époussette encore un peu, les lumières s'allument, les parquets brillent. Toute une nuit, Jean Ditomaso entendit un très doux frottement : on polissait les cuivres. C'est alors qu'il fut en train de mourir.

Et Jean Ditomaso fut le premier à mourir.

*   *   *

Zoé Macpherson fut la deuxième à mourir. Si vieille qu'elle se croyait morte depuis longtemps, elle n'en fut pas mécontente, mais surprise. Elle avait mal rêvé. Elle avait mal dormi. Elle se réveilla et tout de suite, sans comprendre, elle eut peur de tomber. Elle voulut ramener une main sur son ventre, mais sa main n'obéit pas : le bras était coincé. Elle cria — voix petite, fluette, fragile. Elle ne parvenait pas à soulever la tête, ni même à la tourner, elle pensa très vite à un poisson. Quand elle fermait les yeux, elle entendait des clapotis de piscine.

Elle réussit enfin à bouger la tête, ou n'était-ce qu'une mèche de cheveux ? Elle se regarda. Elle emplissait tout le lit. Déjà ses bras et ses jambes débordaient.

Elle se jeta à terre et roula jusqu'à buter contre la porte. Elle avait écrasé ses pantoufles. Elle descendit l'escalier, s'égratignant au mur, la rampe enfoncée dans la cuisse et la hanche.

C'est ainsi qu'elle franchit la porte du salon : s'arrachant lentement du chambranle, des deux mains s'arrachant du chambranle, un côté du corps, puis l'autre côté, centimètre par centimètre, s'arrachant, du chambranle s'arrachant, poussive, haletante, sans impatience ni malheur. Zoé Macpherson était un énorme sac d'eau qui n'arrêtait plus de grossir. Et Zoé Macpherson sentait le cresson. Tous les membres confondus, elle grossissait encore, gigantesque boule de chair que le trou de la respiration ne dégonflait pas. La masse s'enflait toujours, elle tâchait de frémir à l'approche des murs, mais ne frémissait pas, elle les frôlait et soudain s'y collait, plaquée là, partout, là, elle pénétrait parfaitement les moindres fissures, rideau solide aux vitres, elle rampait autour des divans, des tables, des lampes, et dessus et dessous, et finalement elle les contenait sans reste.

Obéissant à la pièce, la masse devint cube. Et c'était encore Zoé Macpherson. Loin au-dedans d'elle, elle entendit son cœur battre, comme un pois secoué dans une jarre. Midi sonna, contre sa joue peut-être. Était-ce donc l'heure ? Zoé Macpherson se vida de toute son eau, d'un seul jet.

C'était fini. Zoé Macpherson était morte. Elle avait cette allure incompréhensible des noyées sèches. Et Zoé Macpherson fut la deuxième à mourir.

*   *   *

Peter Macpherson fut le troisième à mourir. Sa chambre donnant sur la rue, il entendait les conversations des voisins. On disait toujours de Peter Macpherson qu'il mourait de chagrin. Mais lui, pendant sa longue agonie étrange, il eut le temps de savoir que ce n'était pas de cela. Il l'avait trop aimée, cette femme, Zoé Macpherson, et trop longtemps aimée pour l'aimer encore.

L'agonie dura tout l'hiver et il revécut, jour par jour, une saison de sa jeunesse.

Il avait vingt ans, âge où le corps se termine. Et le vieux Peter Macpherson, dans son lit, rêvait des chevilles des femmes. C'était les semailles. Et le vieux Peter Macpherson, dans son lit, avait mal au poing. Il fuma sa première pipe en se saoulant pour la première fois — le geneva avait l'aigre douceur d'un juron. Il ordonna au père de se taire, et la mère s'alluma d'une imperceptible fierté. Le père se tut, le fils se rengorgea, la mère crut la bataille gagnée.

Mais le lendemain, ça recommençait. Le vieux Peter Macpherson, dans son lit, cria au père :

— Maudite tête de cochon !

— Y aura pas meilleur éleveur que moé.

Préférant la paix à la colère, la mère déguisa ses sanglots en soupirs. Préférant de même les vaches aux cochons, elle déguisa l'habitude en oracle pour parler au mari. Rien n'y fit, pas même la noblesse de l'héritage :

— Voyons, pense un peu à Peter Macpherson, ton fils. Tu peux quand même pas lui laisser 2 000 cochons au lieu de 600 vaches. De quoi y va avoir l'air devant l'notaire ? Y trouvera jamais à se marier !

La décision était irrévocable. Ce que le fils avait gagné en voix, il le perdit en troupeau. Le lundi les vaches quittaient la ferme. Le jeudi les cochons y entraient.

Ils trouvèrent le fils encadré dans la porte du bâtiment, une fourche à la main, prêt à tout. Les cochons avançaient, le groin à terre, les yeux rouges, la queue ridiculement petite. Le fils frappa le premier cochon à la face, à la nuque, le cochon tomba, et dans le flanc. Le vieux Peter Macpherson, dans son lit, déchirait les draps.

Les cochons reculèrent : ils grognaient. Ils grondèrent. Et ce fut la charge. Peter Macpherson eut les os broyés par plus de 2 000 cochons fous. Le médecin, homme habile et silencieux, le sauva à grand-peine.

Mais cette seconde fois Peter Macpherson, trop vieux, n'en réchappa pas. Il mourut dans son lit, totalement émietté. Et Peter Macpherson fut le troisième à mourir.

* * *

Aurélien Baldwin fut le quatrième à mourir.

Il aurait pu le jurer.

Il regardait son vieux compagnon, l'autre Baldwin, et déjà il le touchait, mais sans caresser, il le touchait, les mains bien à plat, comme des mains ivres sur un mur d'or. Et soudain il le prit dans ses bras, et c'est impossible, et il le souleva presque, et c'est impossible encore, et tous deux dans une posture de statues passionnées, tous deux frissonnaient, et tous deux frémissaient, et sans doute le savaient-ils, certainement ils le savaient ensemble, et les cygnes qui meurent ne sont pas plus beaux.

Aurélien Baldwin pleure. Les larmes dans ses rides dessinent des sonates qu'il ne jouera plus.

Aurélien Baldwin n'en aura jamais voulu à personne de n'avoir pas connu la célébrité. Il ne pleure pas sur lui-même mais sur son piano, car c'est un piano de concert. Une fois, il l'avait acheté. Et il s'était juré alors que ce piano-là connaîtrait les projecteurs, les applaudissements, les standing ovations, les rappels, les tournées mondiales. Aurélien Baldwin n'a pas réussi cela.

Aurélien Baldwin n'a pas réussi cela.

Est-ce d'être resté si longtemps obscur qu'il a pris la couleur de son piano? C'est vrai, ainsi collés l'un à l'autre, ils se ressemblent étrangement. C'est vrai. Sous la poussière, mats la peau et l'acajou, fêlé le cœur et fêlée la table d'harmoie, c'est vrai, et les doigts sont gourds et les touches sont engourdies, et les arpèges ne glissent plus. Il n'y a qu'un homme ici — ou un piano.

Une housse, comme dans les maisons de campagne des riches, mais une housse de compassion, les recouvre.

Aurélien Baldwin se mit à faire des gammes. Le clavier se relâchait comme un bras qui s'endort. C'était mou, humide, profond. Les doigts s'y enfonçaient. Aurélien Baldwin aurait pu le prendre dans ses mains, le clavier, comme une boule de glaise.

Ça venait. Ça s'en venait.

Il joua un si dièse. Le clavier le mordit. Jusqu'aux poignets. Et se pétrifia. (Dans son ailleurs, la femme de Loth pourrait danser désormais.)

Aurélien Baldwin est mort de soif — ou de faim. Et Aurélien Baldwin fut le quatrième à mourir.

*   *   *

Marie-Ange Bergeron fut la cinquième à mourir. Elle le fit simplement. Plusieurs meurent ainsi, paraît-il. Et Marie-Ange Bergeron fut la cinquième à mourir.

* * *

Josaphat Nadeau fut le sixième à mourir.

Il devait le faire dans son bain. «C'était inévitable. Passait ses grandes journées dans le bain. Le vieux torrieu. Dépêche-toi, pépére, j'ai envie! Jouait au sourd, le vieux torrieu. On a été obligés d'installer une autre salle de bains. À journée longue enfermé là, à faire couler l'eau chaude. Voulait éteindre l'enfer qu'y sentait proche. Le vieux torrieu.»

Josaphat Nadeau regarde son corps.

Déjà jadis. Et ç'avait été des jambes. Et ç'avait été des bras. Mais les os? Ils avaient donc fondu? Il ne restait plus qu'une peau flasque, éventée, jaune, brune, noirâtre. Une grande peau molle, toute en coulées. Déperdition des muscles parmi les plis, les replis, les cachettes, les fronces et les poches de la chair. Sinuosités tombantes jamais relevées, qui tombaient encore. Glissement de Josaphat Nadeau, comme un glissement de terrain beurré de larve. Drapé en sa chair, majestueux et tragique ainsi qu'une chanteuse d'opéra obligée au lipsing. Les chutes se froissaient et se renfrognaient aux alentours des rotules pointues, petites îles coléreuses, ridicules.

Dans la baignoire il ne s'enfargeait pas.

Et les chairs s'étiraient toutes vers la surface de l'eau, extrêmement, et c'était une seule désespérance d'une seule chair — comme un refus de noyé qui viendrait à peine de connaître le bonheur total en sa barque légère. Il arrive aussi qu'on voie à la télévision des parachutes de guerre s'étouffer dans la mer.

Ça faisait mal tout à coup. Et les yeux qui ne vieillissent pas et qui regardent, les yeux poignardés par la pupille.

Oui, là, ça faisait très mal. Un couteau mal aiguisé.

Et le sexe se détacha. Nénuphar largué, il flotta dans l'aquarium opaque, aveugle, échevelé, cogneur, fripé.

L'eau devenait rouge.

L'eau devint rouge.

Et Josaphat Nadeau fut le sixième à mourir.

*   *   *

Elle coupe le contact. Le moteur lâche deux gros soupirs et la moto se tait.

Dorina Leblanc sera la septième à mourir.

Elle tapote l'épaule de la machine comme on ferait à un bon cheval. «On n'a jamais fait autant de vitesse toutes les deux. Je suis vieille, tu es neuve : ça équilibre le team.» Une voisine du même âge, donnant à sa jalousie des airs scandalisés, sort de chez elle. Dorina Leblanc décide de rentrer.

En ouvrant sa porte, elle sourit. Elle la referme et rit franchement : une folle récente qui ne saurait rien encore du malheur d'être folle. La vitesse lui a fait un masque, qui se brise. Mais dessous elle rit toujours. Elle est heureuse. En cachette sans doute, mais c'est mieux ainsi : le bonheur n'a jamais été publié que dans les films de série B.

Elle porte un toast — silencieux parce qu'il n'y aura pas d'indiscrétion. Et elle se cale un scotch. Le verre aux lèvres, étourdie, elle recule. Un mur l'arrête. Elle rebondit un peu. Quelque chose l'a fait rebondir, qui n'a pas l'habitude d'être là. La même pensée que tantôt, en rase campagne, la traverse, la déchire, la brûle.

Avec la charité et la miséricorde insoutenables d'une paralysée qui aurait toujours voulu être infirmière, Dorina Leblanc retire son blouson de cuir. Et tout à coup il est là, par terre, bêtement, sans plus d'importance qu'un jouet d'enfant riche, il est là, son cœur.

Son cœur à Dorina Leblanc, il lui est sorti dans le dos. À cause de la vitesse.

Elle a à peine le temps de le voir tressauter, comme une épaule qui pleure.

Et Dorina Leblanc aura été la septième à mourir.

                                  *   *   *

Théode Richard fut le huitième à mourir.

Si calmement le fit-il, si doucement, qu'une fois mort il a pris le temps de manger. Mais il ne se leva pas de table. Et dans ses yeux restés ouverts, il y avait tout l'amour de toute une mère qui passe sa journée à faire des ravioli — la pâte maintes fois recommencée et les garnitures à cuire, à hacher, elles sont blanches de la farine tombée des bras, à déposer enfin dans les minuscules carrés mats, non ici il y en a trop, il faut en enlever, en remettre plutôt dans celui-là — que sa famille rentrée (ils sont seize ou dix-sept) avalera sans un mot, la tête dans l'assiette, les épaules boudeuses, le geste mécanique : mais cela, c'était de l'étonnement dans les yeux pudiques de Théode Richard.

Et il fut le huitième à mourir.

                                  *   *   *

Célina Tanguay fut la neuvième à mourir. On la retrouva pendue sous le pont abandonné. Mais qu'était-ce donc ? Un confort luxueux de la corde ? Le nœud comme des mains jointes ? Ses pieds campés dans l'air ? Son chapeau ou ses gants de gala ? Bientôt on oublia de se le demander. Si bien qu'on ne le sut jamais. Mais il y avait dans la scène cette chose invisible, preuve qu'elle ne s'était ni pendue elle-même ni fait pendre. De toute façon, Célina Tanguay fut la neuvième à mourir.

* * *

John Mueller fut le dixième à mourir.

Le matin ça n'avait l'air que d'une vibration soutenue, un peu secouante bien sûr, mais John Mueller était un foreur à la retraite. Ou alors d'un tremblement fiévreux : les mouvements étaient tout petits, comme d'une fourmi qu'on écrase mal. Mais ce soir-là, il ressemblait déjà à un rat lynché par une trappe : sa tête ne bougeait pas, jamais la tête de John Mueller ne bougeait, mais son corps avait des bonds formidables, il fallait en voir les ombres barbouiller tout le quartier, et bientôt le sud de la ville, et ses bras faisaient des moulinets parfaitement inventés et fabuleux, comme s'il avait essayé de ramener à la seule force de ses poignets une baleine franche du milieu de l'océan Arctique jusqu'aux rivages de Terre-Neuve et mille requins peut-être agrippés par les dents à la baleine, à la seule force de ses maigres poignets, et les gémissements d'un baleineau. En de grands élans stoppés raide, les gestes étaient de plus en plus larges, rapides, saccadés, et il faut mourir ainsi pour vraiment comprendre.

Le tourbillon changea d'un coup : la tempête se répandit, elle s'étala, elle s'aplatit. La mort de John Mueller devenait horizontale. C'est cela exactement : John Mueller se débattait comme derrière une vitre. Ses mouvements ne faisaient plus des boules mais des cercles. La vitre empirait sans cesse sa pesanteur sur John Mueller.

Il fut plat.

Puis très mince.

Quand il mourut il n'avait plus aucun visage. Qu'un ovale de peau, lisse, presque transparent — parfois un poil, mais était-il d'un sourcil ou un cil ?

Et John Mueller fut le dixième à mourir.

* * *

Ce fut les premiers morts de cette époque-là. Mais Jean Ditomaso, Zoé Macpherson, Peter Macpherson, Aurélien Baldwin, Marie-Ange Bergeron, Josaphat Nadeau, Dorina Leblanc, Théode Richard, Célina Tanguay, John Mueller, tous, et d'autres encore, si longs, ils étaient vieux. Et quand on est vieux, on meurt. Et ils étaient morts.

— C'est des choses qui arrivent.

— On n'y peut rien.

— À cet âge-là, faut s'y attendre.

— Sont morts de leur belle mort.

— Tous dans la même semaine.

— Oui, mais ils étaient tous venus au monde dans la même année.

— Me semble qu'on doit être content de mourir à un moment donné.

— C'est donc vrai ça. Prenez Dorina : elle riait pus pantoute.

— Ça fait ben d' l'ouvrage pareil.

Les cloches sonnaient en plein après-midi, à croire que le bedeau devenait fou. Au cimetière, on creusait les trous petits, de moins en moins profonds : il ne fallait pas qu'un cadavre bascule sur un autre cadavre. Cette forme de respect honorait ainsi la fatigue des bras.

On ne croyait pas qu'il y eût tant de vieillards dans la ville. Peut-être un étonnement paresseux visitait-il quelques creuseurs. Mais ils le râclaient sur le seuil des maisons en même temps que leurs bottes. C'était tout. Il n'y avait aucune inquiétude : ils étaient vieux, ils mouraient.

On mit sur le dos d'octobre le silence des soirées. Et celui des jours sur le dos de novembre.

Des enfants cachés se regardaient parfois le ventre.

*   *   *

Thérèse William était excédée. Thérèse William devenait folle. Cette fois elle n'y échapperait pas. «Maudit chat maudit ! Y pouvait pas lui donner un teddy bear comme tout le monde ! Une question d'éducation, c'était ! Ben viens donc la consoler asteure !»

Elle se boucha les oreilles. C'était inutile. Les cris de sa fille lui parvenaient toujours, bourdonnants, sonores, tout ronds, concentrés comme des balles, plus gros d'avoir traversé les chambres vides — chambres de la grand-mère morte, les mains soudées aux joues.

Thérèse William ferma les yeux. Elle se revit essayant en vain de défaire la pose de grand-mère. Grand-mère avait été enterrée ainsi, ses joues dans ses mains, et l'impossible chapelet sur la poitrine. Thérèse William eut peur. Elle libéra ses oreilles. Elle eut l'impression que son geste avait déjà commencé à sécher. Vertige de Thérèse William.

Elle enfila n'importe quel manteau. Elle monta rapidement à l'étage, courut à la chambre de sa fille. Ses cris en gerçaient la porte. Elle l'ouvrit et elle vit les yeux de sa fille plus grands que sa face. Elle cria aussi, plus fort. Par-dessus son mal, elle cria :

— Je vais le retrouver ton chat.

Thérèse William savait que les chats ne se cachent pas dans la neige. Elle la pelleta toute quand même, et avec les gestes délicats et transparents, on dirait des ailes, d'une brodeuse lente.

Il n'y avait plus de neige dans la cour.

Une muraille molle barrait la route.

Alors Thérèse William fit le tour de la ville. Elle allait partout, même chez le docteur, même chez le notaire, et s'il y avait eu un député dans la ville, elle aurait appuyé son doigt sur la sonnette de cuivre, fleur stridente sur la pierre. Elle allait partout et elle le demandait, mais comme une aveugle demande la charité, et c'était humble, c'était prenant, c'était ça, et en effet Thérèse William ne voyait rien, rien qu'une toute petite boule de poils, brillante comme le rire de sa fille. Elle demandait :

— Vous auriez pas vu le chat d'Édith ?

On répondait non.

Deux fois, on lui a donné une pièce de monnaie.

On répondit non partout.

Les timbres de voix avaient été chaque fois différents, comme des lettres postées de tous les pays du monde.

Thérèse William refaisait le chemin du retour, un pas à l'envers, un pas à l'endroit : elle savait devoir tricoter le malheur. Elle rentrait chez elle, orgueilleuse de douleur.

Ils s'étaient rendu compte qu'il n'y avait plus ni chat ni chien dans la ville, que les vaches donnaient un lait mêlé d'herbe, que les chevaux semblaient traqués par des harnais invisibles.

Thérèse William trouva sa maison agrandie : c'était le silence — qu'elle rompit comme un pain.

— Édith ! Édith !

Indescriptible, elle était morte.

*   *   *

C'est par le ventre qu'ils mouraient. Et maintenant ils mouraient jeunes, de mort spectaculaire parce que sans agonie. En même temps qu'une ligne noire y apparaissait, leur ventre éclatait comme des balounes de malheur. Du moins, c'est cela qu'on disait.

On le répétait à la suite de Gloria Samson, dame honorable et digne de foi, qui l'a un peu raconté. Gloria Samson baignait son fils Marcel. « Il faut laver partout. Et bien frotter. Tourne-toi. » Elle avait la débarbouillette consciencieuse et douce. Les fesses de Marcel brillaient entre les bulles, lumières dodues, à fleur d'eau, parfois sous-marines. « Retourne-toi. » Gloria Samson contemplait son fils. Elle avait remplacé par une complaisance énergique l'espèce de chagrin qu'elle aurait dû ressentir à le voir lentement vieillir, miroir d'elle-même vieillissant. Le pubis tout pâle encore ne savait pas jusqu'où pousser. Elle y posa la main, comme pour en éprouver la résistance — ou n'était-ce pas plutôt une première leçon d'amour ? « Mais qu'est-ce... » Et le ventre de Marcel éclaboussa son visage. Elle n'était sûre de rien. Ça s'était passé si vite. L'impression d'avoir aperçu une trace noire, et subitement Marcel, son Marcel... Elle n'allait jamais plus loin : elle pleurait trop.

Quelques jours après, Gloria Samson mourut, les poumons remplis de larmes.

Des témoignages semblables affluèrent, au rythme exact des détonations. Dans toutes les maisons, on gardait les enfants nus. La surveillance était constante, inflexible et irréductible malgré les fanfaronnades ou les pudeurs rougissantes. On n'éteignait plus et la ville,

la noirceur venue, lançait des brillances de sapin de
Noël renversé. La mère relevait le père, lui la relayait,
mais le plus souvent ils veillaient ensemble en se tenant
les mains, paumes grafignées, douloureuses. On en a
vu qui s'étaient cousu les paupières à l'arcade de peur de
s'endormir ou de mal guetter. Ces yeux-là faisaient des
cloques, l'iris déchiré se recollait en forme de créneaux,
et la pupille tout à coup s'élançait, la pupille bondissait
comme une sauterelle aveugle, elle allait s'écraser
quelque part, pareille à un avion en flamme, et ce n'est
pas pour rien : il y avait de cela dans les derniers gestes
du père et de la mère, ces mêmes paniques des voyageurs
qui crashent, et avant d'avoir pu toucher leurs enfants,
ils mouraient eux aussi, passagers introuvables.

Certaines amours sont donc inutiles : les enfants
continuaient d'éclater, petites bombes indécentes. Le
trait d'encre n'était pas tiré que déjà le ventre explosait.
Personne n'était à l'abri. La ville se brisait en décombres.

On fit des assemblées. L'épouvante, d'abord toute
intellectuelle, descendait goutte à goutte dans le corps,
elle s'y étourdissait en suppositions embarrassées, et les
hommes et les femmes avaient mal au cœur, et des fois
les poumons se flétrissaient à cause de l'odeur charo-
gneuse déliée sur la ville, impeccable comme une nappe
sur une table de noce.

— Qu'est-ce que ça peut ben être ?

— Difficile à dire.

— Ça se remplit peut-être de mouches.

— Ça bourdonnerait.

— D' la marde ?

— T' exploses-tu, toé ?

— D' la boue ?

— Et si c'était rien ?

— Ben moé, j' sais pas. Mais le docteur cherche dans ses livres.

— Le curé aussi.

— Y a des drôles de livres, celui-là : il raconte n'importe quoi.

— C'est à cause du pape.

Quelqu'un faisait irruption dans la salle :

— J'arrive de la ville d'à côté. Les vieux jouent aux cartes. Les vieilles disent leurs recettes de gibier. Les enfants se chamaillent. Et les femmes sont grosses, joviales, rougeaudes. Ça vous a des odeurs de fleurs musicales. J' me suis senti serpent sous flûte. Pis pourtant j'ai pas été capable de rester. J' suis revenu.

Empesés, cérémonieux, les assistants se surprenaient à parler de la ville au passé. Et plusieurs mouraient là, en pleine réunion, raides et dignes sur leur chaise, et le bras en l'air, qu'ils avaient levé pour demander poliment la parole, ou la bouche ouverte — et des mots leur coulaient sur le menton, enfermés dans la salive. Et ils restaient en ce lieu et on en choisissait un autre où tenir le conseil suivant. Par toute la ville, dans des caves, des salons, des garages, dans les grands halls et dans les squares, il y eut bientôt des tas de cadavres faisandés, moisis, sirupeux comme des grappes de raisins oubliées au soleil et qu'on découvre en se bouchant le nez. Les relents, opaques comme des brouillards de fleuve, il fallait les écarter à coups de pelle pour voir les morts : ils étaient enterrés dessous.

— Il faut faire quelque chose.

— Mais quoi ?

Des alentours, puis de plus en plus loin, de Paris, de Berlin, de Norvège, on fit venir des prêtres, des médecins, des savants. Et les prêtres, et les médecins, et les savants, et les astrologues moururent en chemin ou aux portes de la ville ou sur ses ponts. Car cette mort générale était inéluctable.

Mais combien de vivants reste-t-il ? On ne le sait pas. On ne peut plus les discerner d'entre les morts. Du sable déjà tache leur corps, et ils marchent comme dans leur tombe. Et s'ils parlent, c'est à voix très basse, c'est un murmure, un pointillé, et c'est d'avant qu'ils parlent.

— Te rappelles-tu ?

— Non.

* * *

C'était la nuit. Ils ne s'aperçurent pas de la secousse.

Vers huit heures et demie, Isabelle Martin se mit à préparer le déjeuner. Elle avait oublié d'acheter du pain. Mal réveillé, son mari refusa d'aller chez l'épicier. Elle y envoya Claudine, enfant sage et obéissante.

Claudine ouvrit la porte de la cuisine. Elle resta toute décontenancée : de la terre bouchait plus de la moitié de l'ouverture. Elle ne dit pas un mot. Elle chercha l'escabeau, l'installa, y monta jusqu'à la dernière marche et, s'aidant de ses mains, elle réussit à sortir. Elle ne put refermer la porte. Sa robe était boueuse. Elle pensait que sa mère serait fâchée. D'en bas, elle l'entendit crier :

— Mais ferme donc...

Isabelle Martin n'acheva pas sa phrase. Tout en parlant, elle sut que quelque chose d'anormal se passait. Quand elle était ainsi le matin, à l'armoire, le rectangle ensoleillé de la porte avait coutume de chauffer ses pieds. Et maintenant, il n'y avait plus qu'une marge jaune suspendue au mur. Elle se retourna. Elle vit la terre qui barricadait la porte. Elle tira les rideaux sur des fenêtres brunes. Elle reconnut les souliers de Claudine, mais elle ne pouvait pas voir ses bas ravalés.

Dehors, Claudine dominait le paysage. Elle avait peur. « Ou c'est des maisons de poupées, ou je suis géante. » Elle pleurait.

La ville toute entière s'était enfoncée dans la terre. Et si les villes ont une taille, c'est jusque-là qu'elle s'enfouissait.

Pendant la matinée, ils se hissèrent des maisons. De l'extérieur, on vous agrippait aux poignets et on vous tirait, alors que d'autres, ceux dans le fond, ceux en dedans, vous poussaient. L'après-midi, ils se promenèrent. Les perspectives étaient bouleversées. Le nord même avait culbuté. Ils avaient perdu leur arbre ou leurs fils, les rares oiseaux, et ils ne savaient plus voler : on les recevait en plein visage ou ils tombaient, comme des roches, les ailes fermées, les plumes lisses, le bec en dard, les yeux bridés.

Il y eut une autre secousse, comme d'un ascenseur au bout de ses câbles. Et la ville s'engouffra totalement, totalement engloutie. La terre se contracta, puis se détendit — comme une moue négligente.

Il n'y eut plus qu'une petite cicatrice, frisée comme un anus, et grise. Mais, par égard, on appela cet endroit le nombril de la terre.

Le petit Gaspar

Ce petit Gaspar, il a trois ans.

Sous la direction impeccable de sa maman, il imite les menus gestes de la vie. Tenir fourchette et verre de lait. Ne pas trop tomber. Sourire, quand il la rencontre, à la madame qui habite au-dessus. Mettre la main encore menotte devant sa toux. Nouer la boucle de ses bottines. Dire s'il vous plaît au début et merci à la fin. Faire pipi debout, dans la cuvette, non pas par terre. Faire caca assis et :

— Essuie-toi comme il faut.

Et jamais maman ne se fatigue, et toujours elle répète.

— Essuie-toi comme il faut.

Et parfois le petit Gaspar aimerait bien que sa maman se taise. Ou qu'elle aille à l'hôpital pour quelque temps.

— Essuie-toi comme il faut.

Ou qu'elle meure.

Ce jour-là il s'essuya si bien, le petit Gaspar, que le cul lui resta dans la main.

Il doit être
chez Gervaise

— **M**ais arrête ! J' le sais pas, moi ! As-tu appelé chez sa sœur ?

— Il est pas là.

— Tu l'as crue ?

— Elle est folle mais elle est pas menteuse.

— Chez son frère d'abord ?

— Son frère est en Espagne.

— Chez ses amis ?

— Il en a pas. Il connaît personne.

— Et Gervaise ?

— ...

— Il doit être chez Gervaise.

Georges raccrocha violemment. Il composa un autre numéro, le vingtième de la soirée.

— Est-ce que...

— Non, Martin est pas ici.

Georges se retrouva seul au bout du fil. Comme un pendu. Il raccrocha. Le téléphone sonna aussitôt. En reprenant le combiné, il eut l'impression désagréable de toucher un œuf frais pondu. Des yeux, il chercha la poule. La voix qu'il tenait dans sa main le ramena à la réalité.

— Bon Dieu! qu'est-ce qui t'arrive? T'as tout rempli mon répondeur!

— Martin est chez vous?

— J'aurais dû y penser! Comment veux-tu qu'il soit ici? J'arrive tout juste de travailler.

— Des fois.

— Jamais! Quand j' travaille, j' travaille fort. Ça me jette les couilles à terre, pis j' les ramasse toujours tout seul. Depuis l' temps que j' le répète. Tu deviens stupide, ma parole.

— Oh! ça va.

— Merde! J' suis pas assis dessus ton Martin. Avec la causeuse que j' viens d'acheter! Ça m'a coûté tous les bibelots du salon rien qu'en taxe. Pis j'ai été obligé de changer les draperies, de repeinturer les murs. Pis mon Lemieux match pus pantoute. Dis donc, tu connaîtrais pas quelqu'un de célèbre qui a fait une chose ou deux en jaune, bleu et mauve? Quelque chose d'abstrait. Remarque, un paysage ben flou, ça pourrait toujours aller.

— J' t'ai pas appelé pour ça, Jean-Pierre.

— Ah bon.

— Où il est, Martin? As-tu une idée?

— Il doit être chez Gervaise.

Georges raccrocha. Son visage se mit à enfler machinalement. Il entendait les joues se ballonner, les lèvres s'épaissir et se tordre en un rictus laborieux, les paupières se gonfler: sons en pointillé, très minces et très doux, pareils aux chuchotements d'une plume sur un

papier vergé de luxe. Il aurait l'air d'un monstre. Il
s'empoigna les cheveux. Il chercha l'apaisement comme
un pirate fou chercherait un trésor, se jetant tout nu
dans la mer, sa jambe de bois pour gouvernail, la noyade
pour boussole. Georges suffoquait. Il éclata en sanglots.
Les larmes descendaient jusqu'à sa bouche. Elles lui
firent penser à un certain voyage au bord de la mer, et
c'était désordonné comme des gestes de folles débordant
des vitres fermées d'un autobus. Georges se leva. Il
se planta devant le miroir de la chambre à coucher. Et il
se regarda pleurer.

Le téléphone sonna à nouveau.

— Allô !

— Puis-je parler à Martin ?

Georges fut obscène. Il ressentit une douleur au
poing, comme s'il avait frappé son interlocuteur.

Il fit encore plusieurs appels.

— Martin ? Il doit être chez Gervaise.

— Il doit être chez Gervaise.

— Tu devrais téléphoner chez Gervaise.

Qui était Gervaise ? Georges ne l'avait jamais rencon-
trée. Martin préférait qu'ils ne se connaissent pas. Martin
n'en parlait même pas. Quand il la nommait, c'était
pour annoncer qu'il s'en allait la voir. Et il partait
immédiatement, sans rien ajouter. Elle n'avait téléphoné
qu'une fois. Georges avait répondu. « Martin, s'il vous
plaît. » Bizarre, la voix de Gervaise, basse, rauque : une
voix d'homme.

Pendant une demi-heure, Georges inventa des numé-
ros sur le cadran.

— Vous faites erreur.

— Il n'y a pas de Gervaise ici.

Puis, par hasard, ce fut Jean-Pierre.

— Pauvre toi. Ma causeuse a eu beau me ruiner, j' vais m' renflouer ben avant toi. Tu dois avoir la face toute soufflée, là ? Tu devrais le laisser tomber si ça te fait tant souffrir. Veux-tu passer ?

— Non.

— Fais l' tour des bars. Profites-en pour te saouler. J' te téléphone demain. Dans l'après-midi.

Georges se dirigea vers la porte. Il crut voir quelqu'un. Il tourna la tête : c'était son reflet dans la glace de l'entrée. Il avait l'air d'un ecce homo obèse. Des martyrs gras, est-ce que ça existe ? Il sortit.

La nuit était chaude et molle, luisante et abandonnée comme une gigantesque négresse répandue sur des soies noires et sur laquelle on aurait dessiné des sirènes, des néons, des rumeurs, des airs d'opéra.

Georges héla un taxi. Il ne manquait qu'un mouchoir à son geste.

— On fait tous les bars de la ville.

— C'est vous le boss.

À travers la vitre, il pouvait distinguer les pauvres à ce qu'ils étaient plus saouls que les riches.

Un bar.

— Georges ! Ça fait longtemps qu'on t'a pas vu. Tu t' déguises pour sortir asteure ? Attends, j' devine. *The Elephant Man* ?

— Ben non niaiseux ! Manque la cagoule !

Un autre bar.

— Tu cours encore après Martin ? Tu devrais t'arrêter, cher. C'est pas bon pour ta peau.

— T' aurais dû rester chez vous. T' es aussi déplacé icitte qu'un coup d' saxophone dans le deuxième mouvement d' la Septième de Beethoven.

— T' as finalement lâché *Les quatres saisons* ?

— Parle-moi pas. On fait comme si on s' connaissait pas.

Un troisième bar.

— On dirait qu' t' es en phase terminale.

— C'est le cancer ou le sida ?

— Tu cherches Martin comme tu chercherais une job. Ça pas d'allure.

Le chauffeur fit deux fois le plein. Il n'était pas curieux. Silencieux comme un domestique, il conduisait Georges à travers la ville. Il s'arrêtait quand Georges le décidait. Il l'attendait. Puis ils repartaient à travers la ville.

Chaque fois que Georges croyait reconnaître Martin dans la foule des trottoirs, il s'agrippait à la portière. Mais ce n'était jamais Martin. Et bientôt Georges resta là, suspendu dans la portière, aussi tenace qu'un rideau, les ongles douloureux, oubliant de respirer et respirant alors avec les yeux.

Lentement la foule se trouait : il y avait parmi elle des silhouettes d'aube. Les gens rentraient chez eux. Sans avoir dormi, la ville se réveillait. Et ça n'avait jamais été Martin.

À la frontière des banlieues, le chauffeur s'inquiéta :

— Eh ! m'sieur ! On est rendu à 450 piasses, là.

— Aucune importance.

Est-ce cela le malheur ? Et a-t-il une fin ?

— Conduisez-moi à Mirabel.

Quand Jean-Pierre téléphonerait tout à l'heure, il n'y aurait personne pour répondre parce qu'ainsi Georges se condamnait à ne s'arrêter que sur le bord de son propre enterrement.

Il prit l'avion. Et d'autres ailleurs. Georges fit le tour du monde. Parfois il aurait voulu casser la terre en deux. Et partout il marchait les bras tendus et les mains tendres, comme s'il offrait une crème hydratante à une vieille statue.

*   *   *

Et pendant tout ce temps Martin est resté recroquevillé devant la porte de Georges, à l'attendre.

Les petits cris

pour N. B.

1

L 'accoucheuse déplaisante empoigna le bébé sale par les petons. «Vas-y, mon laideron.» Trois bonnes claques dans le dos, semblables à une volée. Le bébé poussa trois petits cris stridents. C'était fait. Mais quinze minutes plus tard, il en poussa trois autres. Et trois autres encore, ces quinze minutes écoulées. Il resta une heure et demie dans la salle : il poussa donc dix-huit petits cris. «C'est réglé comme du papier à musique. Mais ça joue fort en baptême. Envoyez-moi ça dans la chute à linge.»

On roula la parturiente amochée jusque dans sa chambre. Elle y dormit profondément. Au petit déjeuner, elle n'avait pas faim. À cause des œufs au miroir réchauffés ? À cause de la dépression quasi inévitable ? À cause des douleurs ? des fleurs ? des odeurs ?

Une infirmière vint la voir.

— C'est quoi ces cris effrayants ?

— Votre fille.

Mais au même instant, l'aide-infirmière entrait, chargée du bébé. La mère, encore amochée, crut à une présentation officielle. Elle tendit les bras et les replia en moïse sur l'enfant : elle l'acceptait. « Bozou, bozou, bozou. » La pouponne jeta ses trois petits cris.

Trois petits cris effilés comme dagues, perçants comme vrilles. Trois petits cris, trois pétards dans l'oreille.

La mère, toujours amochée, raidit les bras :

— Balancez-moi ça dans les toilettes !

Et papa vint chercher maman. Chaise roulante jusqu'au parking. Le reste en Volkswagen. Mais l'enfançonne, objet de curiosité scientifique, demeura à la clinique, dans une aile isolée.

Trois petits cris.

Le taux d'absentéisme atteignit un niveau alarmant. Ou les crises de nerfs.

Juste trois petits cris au quart d'heure, hallucinants d'échos.

Et chaque jour les parents venaient voir le bébé. Fier et faraud, le père s'exclamait : « Ça va faire une bougresse de bonne cantatrice. Une diva, ma femme, une diva ! » La mère ne disait rien, soupçonneuse.

— On l'emmène quand ?

— On l'emmène quand ?

Les intonations identifient la voix. La paternelle teintée d'orgueilleuse impatience. La maternelle tirée par la désespérance, attirée vers le désespoir.

Le lendemain, le médecin déclara :

— Je l'ai pas assez observée, mais je l'ai assez vue. Je peux plus l'entendre. Pitchez-moé ça chez sa mére. Ou dans une poubelle. Au cirque. Au zoo. Je m'en fous.

2

Chez sa mère en effet. Le père s'était mis à travailler de jour, de soir, de nuit.

La chanteuse d'opéra se révélait une criarde.

— Quand même... Je me demande des fois quelle sorte de bébé c'était, la Callas.

Juste trois petits cris au quart d'heure, comme des étranglements de testicules, des infarctus, des anévrismes cervicaux.

— J'ai trouvé une job de fin de semaine. Je t'enverrai mes chèques de paye. Je vais venir aussi. De temps en temps.

Seule et de plus en plus amochée, la mère devint très vite d'une nervosité incomparable. Toujours à vaciller sur la limite d'elle-même, elle pleurait sans cesse, dans une absence obsessive de bruit. Elle s'accompagnait en faisant non non non de la tête et des lèvres. Non, non, non. À croire que de ses croissants maigres une bulle pût sortir et enfermer la fillette, l'insonoriser. Des tremblements la brassaient des semaines entières. Incapable de rien tenir, la maison lui échappait des mains et se brisait toute. Grâce à l'argent du père, la mère rachetait des objets en plastique. Assourdissante marelle : une case pour les petits cris, une case pour les vacarmes domestiques, rebondissants fracas, et jusqu'en enfer.

— Écoute, mon mari.

Ce jour-là, elle avait verrouillé la porte.

— Je deviens folle. As-tu remarqué ? O.K. ! On la marie à 16 ans. Pas plus tard ! Mais moi, j'en ai déjà 40 ! Tu sais, en octobre ? C'était pas rien qu'une descente de vessie. Le docteur me l'a dit : c'était une descente d'endurance itou. Ç' a continué à descendre. Jusque dans mes varices. Ben oui, toi tu travailles. Tout est neuf, je manque de rien. Je mange à ma faim. Mais des fois. Des fois j'aimerais mieux mourir d'appétit que de ça.

— On pourrait la placer.

— J'ai pas la force.

— Je m'en occupe.

Mais aucun camp de vacances, aucun couvent, aucun asile, aucune vieille dame, aucun vieux ratoureux, aucun pimp, aucun paraplégique, aucune vedette du canal 10, aucun anglophone («But she's screaming in French!»), aucune autoroute, aucune ville, aucun pays, aucune fusée, aucune lune n'en voulurent jamais.

— Ben, ma fille, tant qu'à crier, tu vas crier pour quelque chose.

Et la mère en avait fait sa femme de ménage.

3

— Torche, ma torrieuse. Torche. T' as un petit moteur dans l' bras. Pis ton pére va t' payer l' gaz. Torche!

Y a-t-il un nom pour ce trop court espace entre fillette et jeune fille ? Non ? Alors celle-ci souffrait dans un innommable.

Elle travaillait avec fureur. Débarbouille, lave, rince, décrasse, récure, essuie, frotte, brosse, balaie, époussette, cire, astique et, comme son père, de jour, de nuit, de soir, huit jours par semaine. À quinze ans, elle était propre à l'envie, à l'excès, à l'extrême. Maniaque. Possédée. Énergumène.

À ses petits cris elle en avait ajouté un nouveau, plus formidable encore : un grand cri de grande horreur. À la moindre tache, à la moindre miette tombée, à la moindre poussière, minuscules, microscopiques, invisibles, il explosait.

Juste trois petits cris au quart d'heure. Mais comme trois LG-2, trois guerres, trois Auschwitz. Et puis non : par le diable, c'était maintenant un cri unique, soigneusement perpétuel.

— On l'a peut-être mal élevée ?

— On peut pas revenir là-dessus. Mais il faut un mari débrouillard.

Tous les prétendants de la ville défilèrent dans cette maison de pur cristal, aveuglante de netteté. Et se défilèrent.

— La mère donne dix mille ?

— Ouais.

— C'est pas assez. Après un mois, y a pus une cenne.

— Pis tu restes pris avec.

— Tu risques pas d'être cocu.

— Faut baiser ?

— Crier de même, ça doit avoir le sang chaud.

— On sait pas. Quand c'est trop propre...

— Ça doit vous laver les affaires, ça !

— Jusqu'à les faire fondre.

— C'est mieux quand ça pue.

Et le temps passa. La mère se mordait au sang. Décidée à mourir, elle se mangeait lentement.

4

Un lundi pluvieux, lancinant et pénible. Sur le coup de midi, le père arriva en trombe.

— Tiens, mon rayon de soleil.

— Tes bottes, papa! Sur la galerie!

— Vas-y toi-même! J'ai à parler avec maman.

Ils s'attablèrent, lui devant une soupe fumante, elle devant rien.

— Tu sais, le patron de la mine qu'on n'a jamais vu? Son garçon nous est arrivé à matin. Beau blond. Dans la vingtaine. Un peu frais. Un peu mince. Presque gringalet, mais pas l'air malade. Son père nous l'a envoyé pour le forcir. Quand je l'ai vu, je me suis dit: V'là ton gendre!

— Un sourd! J'y avais jamais pensé!

— Il est pas sourd!

— Pis il l'entendra pas? Niaiseux...

— J'ai un moyen! On va la bâillonner ben serré, mais pas trop large, pis on va dire qu'elle est sujette au mal de dent.

— Ça marchera pas.

— Ben oui! Y a personne en ville qui va aller l'avertir. Trop heureux de se venger du boss.

— Fais à ton idée, d'abord.

— Je retourne travailler. Mais je l'emmène drette à soir. Dis donc! C'est quoi ton gros pansement?

— J'ai brûlé mon bras sur le rond.

Après avoir averti sa fille: «Tu mangeras quand il sera parti», la mère se découvrit le courage d'espérer. Et elle prépara le même menu qu'au lendemain de ses noces.

Le jeune homme avait déjà tâté de la fesse. Il trouva la jeune fille singulière, mais mignonne.

— Vous souffrez beaucoup ?

— Hum.

C'était fatal : il revint souvent.

— Vous souffrez encore ?

— ...

— Vous souffrez tout le temps ?

5

— Écoutez-moi. Voilà deux mois que je suis amoureux de vous. Et je n'ai jamais vu votre bouche. Nous sommes seuls. Je veux vous embrasser. Je veux vous entendre parler.

Une forêt légère bordait la ville. Ils s'y promenaient à cheval dans les clairs-obscurs d'un joli sentier. Et les tendres bourgeons babillaient sous une brise chaude. Et les oiseaux se murmuraient d'amour. Et...

— N'est-ce pas romanesque ?

Et un ruisselet roucoulait parmi les cailloux.

— Ne m'aimez-vous donc pas ?

— Hum, hum !

La jeune fille hésitait. Comment résister, non pas à la conversation, mais à ces belles lèvres juteuses, où s'impatientaient mille baisers ? Et cela, en ses grands yeux, était montré. Et le jeune homme le voyait bien. Et il pensait : « Elle n'y tiendra plus longtemps. Un dernier effort ! »

Il fit allonger le pas à son cheval et ainsi, comme dans les plus beaux films, il avait l'air de guider la jeune fille vers un château perdu, vers un baldaquin nuptial.

Tout à coup sa monture s'arrête, se campe, lève la queue, lâche un pet hardi, pousse une grosse crotte effrontée. La jeune fille saute à terre en déchirant son bâillon. Un grand cri de grande horreur bouscule des petits cris. Le jeune homme entend (et son squelette apparaît sous sa peau), se retourne, voit la jeune fille: elle s'apprête à torcher le cheval.

Il éclata de rire et disparut pour toujours.

Klondyke

Dix ans après la mort de sa maîtresse, mon grand-père fouillait encore la terre, voulant pour elle la plus parfaite des tombes — alors que l'épouse, de son vivant, avait été ensevelie derrière la maison, à côté du chien. Quand il est mort à son tour, au milieu des pelles et des pioches, les hommes du village l'ont beaucoup plaint de n'avoir pas découvert l'or qu'il avait tant cherché.

Le meurtre
de Clarisse V.

Ne jamais donner le même nom à des jumeaux, parce que quand on en appelle un, ça dérange l'autre. Mais elle, comment faire pour qu'elle ne me dérange pas ? Aussi encombrante que du style espagnol. Aussi énorme, laide, détestable. Oh ! bien sûr, à vingt ans j'ai eu le coup de foudre pour Martha. Elle avait des petits airs de guéridon fragile. Elle restait là où vous l'aviez poussée, immobile, luisante. Vous posiez les mains dessus, bien à plat, et elle souriait, astiquée, parfumée, silencieuse. Avec ses fleurs de mariée dans les bras, ce jour-là, et ses gants comme napperons de dentelle, elle semblait sortir d'un *Architectural Digest* (la mode, hélas, a bien changé). Elle est entrée dans ma maison. Tout y était aménagé autour d'elle, en rayons. Que la vie est dure ! Et longue ! Mon coup de foudre n'allait provoquer qu'un interminable orage, une tempête infinie. Qui m'a rapetissé les os. Au fil du temps (moi, coincé entre la haine et la pitié, pincé par la rage et les regrets, surpris toujours par mes envies de la tuer), Martha s'est transformée en un gigantesque buffet. Ça respire en geignant, ça moisit dans les angles mous, ça craque sous la poussière, l'hiver ça rouille. Et ça grossit encore. La peau est un miracle scandaleux. C'est inimaginable d'avoir une telle élasticité, c'est démentiel, ça ne devrait pas être permis. Et Martha devrait éclater. Mais non ! Elle mange comme une cochonne et sa digestion n'est jamais laborieuse. À croire qu'elle dégoûte même la mort. La bouche sale, grande béante, elle avale mon oxygène, elle bouffe mes espaces, elle envahit mon territoire. À peine s'il reste la place où mettre mes pieds, qu'elle trouve d'ailleurs trop longs : «Mon Dieu ! que t' as les pieds vastes ! Tu dois pas pouvoir tomber !» Quand elle se donne une swing pour entrer dans mon bureau, elle ressemble à un camion qui déboulerait les Alpes, les freins morts, le feu aux roues. Elle va finir par m'écraser. Belle manchette pour *Allô Police* ! En moins d'une heure, elle m'a interrompu trois fois. Pour me demander si vraiment je ne devais pas sortir aujourd'hui. Pour tirer les rideaux, ce que je ne supporte pas : le brouillard m'apeure. Et la troisième fois pour s'exclamer, la voix assourdie par les tremblotements de la graisse :

— Mon Dieu ! tu fumes beaucoup pour un écrivain ! Quand est-ce que tu trouves le temps d'écrire ?

Je ne suis pas un écrivain. Par-ci, par-là, des envolées de style qui s'échappent, tels des oiseaux des Galápagos, mais je sais trop bien qu'elles procèdent des déceptions de ma vie. Non, je ne suis pas un écrivain. J'essaie seulement de comprendre l'incompréhensible. Je cherche simplement le trou de serrure du mystère afin d'y glisser un œil minutieux, tout comme, dehors, je me trancherais à coups de hache un passage dans le brouillard tombé cette nuit, et qui ne se relève plus malgré midi. On dit toujours que les policiers ne savent pas écrire : c'est vrai. Mais moi je suis un sergent détective. Je n'aurais pas besoin du permis de conduire d'un chauffard pour calquer son nom sur une contravention. J'ai l'habitude d'écrire, mon grade l'exige. En dépit des apparences, je ne me laisse pas distraire de cette enquête totalement extravagante. Mais la brume mélange les deux énigmes auxquelles je fais face, dont la première, même en y étant confondue, cache peut-être l'autre : Martha et Clarisse V. Comment Martha, et c'est déjà un harem, a-t-elle pu chaque jour briser ma vie entière sans que je m'en rende compte ? Pourquoi Clarisse V. a-t-elle été assassinée ? Et *par qui* ? C'est le dôme géodésique devant une tente de camping. Si je pouvais tasser Martha, mais je ne suis pas une grue mécanique. Ou rien que la contourner, mais le corps à moitié sorti par les fenêtres ?

— Rob-bert !

Elle m'appelle. Me casse en deux.

— Rob-bert ! Rob-bert ! Rob-bert !

— Oui, Martha.

— Mon Dieu ! es-tu sourd ! Es-tu sourd, Rob-bert ?

— Pas plus qu'aveugle, mal...

— Quoiquoiquoi ?

— Rien, Martha.

— Mon Dieu ! tu pourrais répondre quand j' te parle ! Rob-bert !

— Oui, Martha.

— J' m'en vas au bingo là.

— En passant par McDonald ?

— Quoi, Rob-bert ?

— Rien, Martha. Gagne de beaux prix, Martha. Et prends la lampe de poche. À cause du brouillard.

Il ne me sert à rien de la battre : les poings me rebondiraient dans la gorge. Comme des boomerangs. Peut-être n'est-elle que malheureuse. Elle aussi. Elle va revenir avec un autre bouquet de fleurs en plastique. Elle me le montrera par la porte, sans oser franchir le seuil. Sourire embarrassé. Intonations de grosse fille retardée. Elle me redemandera :

— Ça te rappelle quelque chose, Robert ?

— Non.

*   *   *

Y en aura-t-il des fleurs à l'enterrement de Clarisse V. ?

Le dimanche 6 mai, vers 17 heures, deux des invités de Clarisse V., épouse de feu le milliardaire Edward V., entraient dans la bibliothèque de sa demeure, construite à flanc de montagne en la municipalité de Westmount, et la découvraient, morte, fichée au mur à l'aide d'une pertuisane. La hallebarde, datant de la fin du XVᵉ siècle, avait traversé le corps à la hauteur exacte de l'appendice xiphoïde, situé à la base du sternum, éraflant ou sectionnant les organes sur son chemin, fracassant les douze vertèbres dorsales, pour se planter dans le mur. Et avec une telle force, une telle précision que la cage thoracique se retrouvait *à califourchon* sur l'arme blanche. Bernard Cressot et Grace Bellow l'ont tout de suite aperçue, ainsi crucifiée à quelque quarante centimètres du sol, et ils déclareront, lui : « Clarisse V. se balançait sur cette vieille lance, et la lance oscillait sous le choc », elle : « Ça chiait encore », et eux deux : « Ça venait juste d'arriver. Non, nous n'avons vu personne sortir de la bibliothèque. »

Bernard Cressot se mit à hurler, donnant l'alarme. Grace Bellow resta calme. Elle téléphona à la police. On me rejoignit chez moi. Il était 17 heures 15. J'arrivais sur les lieux une demi-heure plus tard. Le cordon de policiers, comme autant de gorges chaudes enfilées, se dénoua pour me laisser passer : je suis le mari de Martha, la tristement célèbre. Je gravis les marches. Un policier semblait m'attendre. Il me conduisit. Ce fut une succession de pièces en marbre noir, percées de fenêtres vertigineuses, des pièces totalement vides. Quelquefois un fauteuil de Daganello, une table signée Berlios ou Mendini, mais comme de minuscules bibelots dans ces immensités.

Dans la bibliothèque il y avait déjà les preneurs d'empreintes, le photographe et le médecin légiste, lequel essaie d'imiter Quincy en traduction française. Il se dirige vers moi :

— C'est impossible. Je n'y comprends rien. Venez voir.

C'était impossible en effet. Personne au monde n'aurait pu faire ça. Je veux dire : soulever Clarisse V. d'une seule main, l'appuyer au mur et la retenir là, *vivante*, pendant tout le temps que l'autre main, armée de la pertuisane, prenait son élan pour la transpercer. Et quel bras pouvait être assez puissant pour atteindre en si peu d'espace une telle violence de frappe ? Cette force n'est pas humaine. Et pourtant je la voyais devant moi, Clarisse V., empalée, clouée au mur, morte, déjà raide, et ses jambes salies, car le ventre s'échappe toujours en mourant. Et cette odeur. Et le fer avait commencé son ouvrage atroce : sous le poids du cadavre, il sciait la chair, les muscles, les os, les cartilages, le larynx. Clarisse V. ne tenait plus que par la mâchoire.

— Pourquoi ne l'avez-vous pas décrochée ?

— Les empreintes.

— Bandes d'empotés !

Je soulevai Clarisse V. par les aisselles. Deux policiers arrachèrent la pertuisane. Sa mort était plus lourde que ma vie : Clarisse V. m'entraîna dans sa chute. Je tombai sur elle, dans cette odeur. Je criais, je me relevais et je criais, je n'arrêtais pas de me relever et je n'arrêtais pas de crier :

— Où sont-ils ?

Je finis par entendre :

— Les invités sont dans le salon bleu, dix-neuvième porte à main gauche. Et la domesticité, juste à côté.

Je fis quatre fois le tour de la bibliothèque, cherchant la porte. Et je remarquais de plus en plus que *les murs étaient pleins, sans aucune fenêtre.*

Je vis d'abord les domestiques. Le maître d'hôtel, la cuisinière, trois femmes de chambre, tous descendants de la plus pure tradition.

— Qui Mme V. recevait-elle aujourd'hui ?

Le maître d'hôtel, impassible comme sa propre photographie, me répondit :

— Les mêmes que tous les dimanches.

— Mais qui exactement ?

— Ils sont indescriptibles. Vous les verrez vous-même.

— Et ils étaient invités chaque dimanche ?

— Oui.

— Depuis quand ?

— Depuis la mort de monsieur.

— Et pourquoi le dimanche ?

— Parce que c'est le samedi matin que madame recevait son argent et qu'il fallait bien le dépenser.

— Quel argent ?

— Je ne sais pas. De l'argent. Demandez au trust qui gère ses affaires.

— Combien d'argent ?

— Beaucoup.

S'il n'avait pas été du genre daguerréotype, je l'aurais déchiré. Les femmes de chambre, elles, étaient en morceaux, paniquées, folles : elles balançaient les bras, leurs poings blancs crispés sur un invisible balai, chacune essayant en vain de ramasser les miettes des deux autres. « Nous aimions tant madame. Nous aimions tant madame. » La cuisinière cherchait d'improbables cuillères dans les poches de son tablier : « Nous adorions madame ». J'ai dit la phrase habituelle. Je suis sorti.

C'est alors que j'ai distinctement entendu une voix crier : « G-22, N-9, B-40 ». Et une espèce de déception bourdonnante parce que quelqu'un gagnait. J'étais sûr que c'était Martha.

J'ai ouvert la porte du salon bleu. Je les ai tous vus, d'un coup, sagement assis en ordre alphabétique, laissant sonner leurs bijoux dans le soleil du soir, les yeux secs, la mine ennuyée. Et je les connaissais tous. Les six invités de Clarisse V. étaient le *nec plus ultra* des Amériques, l'exportation la plus fine et la plus chère, le chef-d'œuvre de l'humanité occidentale : Grace Bellow, Bernard Cressot, Léopold Dionne, Bernard Héon, Angélie de Montbrun, Elvire Simard. Eux ne me connaissent pas. Je me suis présenté.

J'ai posé une question anodine. J'avais remonté le mécanisme. Grace Bellow et Léopold Dionne bondirent de leur chaise. Bernard Cressot imita un évanouissement célèbre. Elvire Simard se crispa toute. Bernard Héon trépidait. Et la petite Angélie de Montbrun jeta son pauvre visage défiguré dans ses mains, me rappelant l'histoire tragique de sa vie, dont elle avait fait un best-seller tourmenté et obsédant ; elle restait prostrée comme si le destin devait la frapper encore. Les autres, par saccades, atteignaient leur zénith.

— C'est inadmissible. Je vous ferai renvoyer.

— Je veux voir mon avocat.

— Je ne vous permets pas.

— Mon avocat! Mon juge!

— Vous n'avez pas le droit.

Je les regarde. Ils ressemblent au jeu de blocs de mon enfance quand je lui avais sacré un coup de pied. Tel un chef d'orchestre qui veut stopper une répétition épouvantable, je lève les mains. Tambours, violons et clarinettes résonnent un long moment. Je les convoque tous à mon bureau :

— Demain matin, 9 heures précises. Et soyez calmes!

J'ai regagné ma voiture. Adossé à la portière, j'ai regardé. J'ai admiré.

La maison de Clarisse V. est aussi immense que sa fortune. Elle caresse la montagne. Les murs de pierre, moussus au sol, montent très haut, et tout à coup on dirait qu'ils s'épanouissent vers l'intérieur, ils s'effondrent en un majestueux ralenti, un ralenti immobile, et ils éveillent des terrasses ensoleillées, des balcons, des galeries, de lourdes rampes, des cheminées, des jardins compliqués. C'est une maison lyrique. Et je découvre la vénération des collectionneurs. Oh! je ne saurais pas l'habiter, ce château. Mais j'aimerais bien qu'on le reproduise sur des calendriers.

Puis je les vis sortir à la queue leu leu, comme d'un coucou marquant 6 heures. Ils s'immobilisaient quelques instants sur le seuil, presque colonne d'apparât. Est-ce la lumière de Montréal, identique à celle de Venise ? Je voyais leur visage, technique, composé, mis en scène, aussi explicite qu'un gros plan au cinéma. Il y avait dedans, non pas dessus ni appliquée, mais à l'intérieur de ces visages, une détente primordiale qui sourdait en perles comme une sueur. C'était comme un repos total. C'était du pur bonheur. Ou un soulagement qui finissait par entraîner le corps entier. Les secondes tintaient dans les bijoux, le ressort faisait son office, l'invité descendait les marches et se dirigeait vers sa voiture stationnée sous les ormes. Il avait laissé la place au suivant.

Quand le manège fut terminé, je retournai dans la maison. M'avait-il épié ? Je trouvai tout à coup le maître d'hôtel devant moi. Sourire obséquieux de part et d'autre : il est au service de la dépouille de Clarisse V., moi au service de la justice. Non, catégoriquement, il ne pouvait y avoir personne d'autre dans la maison, « il faut s'identifier devant le système d'alarme avant d'entrer par où que ce soit ». Oui, elle était vivante, « c'te question ! », la dernière fois qu'il avait vu Clarisse V.

Je ne suis pas entré chez moi. J'ai dormi au bureau. Étendu sur le divan noir, j'ai pensé à un analyste afin d'en rêver. Je me voulais frais et dispos pour le lendemain.

* * *

Ce jeudi 11 mai

Vers 8 heures 50, on introduisit Bernard Héon. Chic, décontracté, à l'aise, il transformait l'insolence en qualité.

— Je ne vous ferai pas l'affront de vous demander votre nom.

— Vous êtes charmant.

— Mais votre âge ?

— 23 ans.

— Votre occupation ?

— C'est-à-dire ?

— Que faites-vous dans la vie ?

— Je suis beau, jeune et riche. Cela ne suffit-il pas ?

— Sans doute. Mais depuis plusieurs années déjà, vous êtes le numéro un du jet set mondial. Je crois que ça coûte très cher. D'où vous vient tant d'argent ?

— Oh ! je faisais chanter maman. Belle voix et belles liasses.

— Vous *faisiez* chanter, dites-vous ?

— Vous savez pertinemment qu'elle est morte.

— Rappelez-moi quand même son nom.

— Clarisse V.

Je restai abasourdi.

— Mais Clarisse V. n'avait pas d'enfant !

— Et moi alors ?

— Je ne comprends pas.

— C'est pourtant simple. Elle m'a donné naissance à l'âge de 22 ans. Et en cachette : vous savez, les filles-mères en ce temps-là... À 24 ans, elle épousait Edward V. C'est connu, il détestait les enfants. Et il a épousé Clarisse à la condition expresse qu'ils n'en aient jamais. Que pouvait-elle faire de moi ? Elle a continué à me tenir au secret. Évidemment, Héon est un patronyme d'emprunt.

— Vous avez des preuves ?

— J'ai tous les papiers qu'il faut. Clandestinement, Clarisse a toujours reconnu sa maternité.

— Pourquoi le chantage ?

— L'originalité des pauvres est la chose la plus outrageante que je connaisse. Elle n'est pas du tout belle à voir.

L'interrogatoire virait décidément à l'interview.

— Seule la richesse donne le droit d'être original. Et Edward V. ne s'en est jamais privé. Il avait 15 ans de plus que Clarisse. Il prévoyait donc mourir avant elle. Il a fait ajouter une clause à son testament : si jamais elle avait un enfant, elle était déshéritée sur-le-champ au profit de la Société canadienne des handicapés sexuels — ou quelque chose dans ce goût-là, assez insipide d'ailleurs. Bref, Edward V. s'est organisé pour qu'après sa mort, elle n'ait pas accès direct à la fortune. Un trust la gère, dont elle recevait un million de dollars par semaine — argent américain, bien sûr. Mais du même coup j'étais condamné à la noirceur perpétuelle. L'argent de poche qu'elle me versait se perdait de plus en plus dans ma bourse. Alors je la faisais chanter : sa richesse dépendait de la mienne.

— Vous lui avez demandé combien pour vous taire ?

— Oh ! je lui en demandais chaque semaine.

— Combien ?

— Un million de dollars — américains, bien sûr.

— Elle reçoit un million. Elle vous le donne. Et elle en dépense autant sinon plus dans la même semaine. Comment y arrivait-elle ?

Il eut un sourire narquois :

— Elle faisait peut-être chanter quelqu'un, elle aussi.

Je m'arrête là, sur cette modulation interrogative de Bernard Héon — Héon valant moins qu'une crotte en tant que nom de famille.

Il était sorti. J'ouvris la fenêtre : la respiration attentive est la seule espèce de jogging adaptée à l'esprit.

On frappa trois coups secs à la porte. Je n'ai pas eu le temps de répondre, Grace Bellow entrait déjà, comme elle le fait au théâtre pour les scènes culminantes.

Je l'observais pendant qu'elle s'approchait de mon bureau. Elle marchait *carré*. Masculine mais sans vulgarité. Étonnamment grande et bien bâtie. La jambe musclée. Le bras raide. La mâchoire autoritaire. De beaux yeux. Une soixantaine d'années qu'elle portait avec vaillance. Elle s'assit comme moi-même je m'asseyais quand, beaucoup plus jeune, j'étais appelé à un brillant avenir... Et puis Martha avait poussé sur ma vie comme un champignon vénéneux.

— Vous vouliez me voir ?

— C'est drôle, vous n'avez pas d'accent.

— Je suis née à Paris. En 1924.

— Vous n'avez pas l'accent français non plus.

Mais par contre une voix presque faussante, aux intonations féminines, oui — ou plutôt, non, qui s'efforcerait d'y atteindre par des efforts constants parfois récompensés, parfois rabroués. Comme un violoncelle en train de s'étirer vers la sonorité aérienne de la harpe.

— J'ai été élevée dans les Cantons de l'Est. Mon père était juif. Il a senti venir les horreurs de la guerre avant toute l'Europe.

— Et... vous êtes très riche ?

— N'importe quelle comédienne de mon calibre, s'il en était, le serait autant que moi. Vos questions ne sont pas pertinentes. Que voulez-vous savoir ? Franchement.

— Ma foi...

— Si j'ai tué Clarisse V.? La réponse est non. Je détestais tellement Edward V. qu'à travers lui, et le dépassant, ma haine à réussi à rejoindre sa femme. J'aurais très bien pu la tuer. Mais ça s'adonne que je n'y suis pour rien.

— Pourquoi détestiez-vous Edward et Clarisse V.?

— Les raisons de mon abomination ne sauraient non plus éclairer votre enquête. Puisque je ne l'ai pas tuée.

— Dites toujours.

— Si je l'avais tuée, monsieur le sergent détective, vous auriez été le premier à le savoir.

Je la crus. Et la remerciai.

Elle sortit à son tour. Était-ce ses fesses si rectangulaires qui lui transmettaient une démarche pareille ? Sur le seuil, elle se heurta à Angélie de Montbrun. Grace Bellow ne broncha pas. Angélie de Montbrun s'effaça en chambranlant sous l'influence des remous d'air que l'autre déplaçait en bougeant.

Angélie de Montbrun coula sur le siège que je lui montrais, peureuse, menue, presque trouée. J'avais devant moi une vieillarde de 21 ans. Je ne pouvais quand même pas lui parler de sa jeunesse.

— Vous avez tant souffert !

— La douleur n'attend pas le nombre des années.

— Vous êtes noble de naissance ?

— Oh ! non ! Ce pauvre pays ne peut pas se permettre de sang bleu. C'est mon mari. Je suis née Jonassaint.

Oui, il y avait de la sainteté dans cette voix lyrante, et de la résignation, et de l'abnégation. C'était la voix d'un cloître. En l'écoutant, j'aurais voulu croire en Dieu.

— Je ne vous cacherai rien, monsieur. Mon père adoré était haïtien. Évidemment, avec toutes les cicatrices de mon visage, on en distingue mal la couleur. J'ai eu un terrible accident. Mais vous avez dû lire mon autobiographie, vous aussi ?

— Et je la relis souvent.

— C'est ça. C'était par une claire journée d'été, je crois. Soudain ma monture s'est emballée, comme si elle avait mordu dans la mort. Elle était folle furieuse. Elle galopait comme une machine. J'ai perdu les étriers. Elle galopait encore plus vite. Elle sautait des rochers. Elle sautait des clôtures. Et moi je rebondissais sur son dos.

— Je la relis souvent.

— Je suis tombée. J'étais défigurée. Cependant, cette épreuve a fait son œuvre. Je le dis d'ailleurs dans le dernier chapitre de mon livre. Croyez-moi. Un si grand malheur sert toujours à quelque chose. Il aguerrit. Il transcende. Il ouvre la voie aux véritables consolations. Il prépare aux affronts qui s'en viennent. Tenez, moi par exemple, je supporte avec un stoïcisme béat la récente ruine de mon mari, Ubald de Montbrun.

— Il est ruiné?

— Oui. De fâcheuses spéculations.

— Je le regrette infiniment.

— D'autres gloires m'attendent, fussent-elles post-humes.

Elle éclate en sanglots. Elle laisse les mains sur ses genoux pour que je voie qu'elle ne joue aucune comédie.

— Mais, monsieur, je ne veux pas mourir avant l'heure!

— On vous menace?

— D'un châtiment mille fois pire que la mort: de prison!

— Madame...

— Laissez-moi vous expliquer. Edward V. était mon grand-père. Il est écrit dans son testament que si sa femme Clarisse devait mourir de mort violente, ses biens reviendraient à sa fille ou à l'enfant de sa fille. Je suis celle-ci!

— Expliquez mieux.

— C'est une longue histoire.

Je regardai ma montre : 11 heures 25.

— Nous avons le temps.

— Soit. Ma grand-mère a été la nourrice d'Edward. Puis sa nurse. Puis sa préceptrice. Alors qu'il n'était âgé que de 12 ans, elle l'incita aux horreurs de la chair.

— Mais quel âge avait-elle ?

— Peut-être 50 ans, peut-être davantage... En tombant dans l'abjection, elle tomba enceinte. De ma mère.

— Mais Edward V. détestait les enfants.

— Balivernes ! Il était père à 13 ans. Le remords d'avoir commis une faute se déguise le plus souvent en une animosité de façade vis-à-vis des répétitions de cette même faute chez les autres. Son hostilité était publiquement trop arrogante pour être réelle. Je n'y ai jamais cru. Pour avoir été vraie, cette haine, il aurait fallu qu'il entrevît quelque part, sur le tout petit poupon qu'il a tenu deux fois dans ses bras, une vision même fugace de mon sort affreux, à moi Angélie, et qu'il rejetât foncièrement, fondamentalement, la responsabilité de l'avoir provoqué, d'en être le géniteur éloigné. Je ne crois pas aux prémonitions.

— Vous parlez bien. Mais vous bifurquez.

— Excusez-moi.

Un ange passa, qu'elle reconnut sans doute : elle fit un signe de la main.

— Où... en étais-je ?

— À « elle tomba enceinte. De ma mère. »

— Et grand-mère mourut en la mettant bas. On envoya le bébé à la campagne avec ses couches et ses biberons. Fleur, elle grandit parmi les vaches. Elle

devenait lentement si belle que les taureaux la guet-
taient. La réputation de sa beauté traversa, en écho, la
campagne, la contrée. Ma mère atteignait la vingtaine.
Et sa splendeur faisait jaser les hommes de toutes les
villes du pays.

Je commençais tout bas à implorer le diable.

— D'être nommée sans cesse, sa renommée a franchi
les frontières. Elle n'a sans doute pas abouti jusqu'en
Chine et en Russie : on ne parle pas suffisamment le
français dans ces lontains. Mais un beau jour elle arriva
dans l'oreille d'un riche d'Haïti. Il fit le voyage. Il la vit. Il
était amoureux. Ils se marièrent. Après cinq ans de
bonheur conjugal, je venais au monde. Ma mère en
mourut. Est-ce donc une malédiction ? J'ai vécu aux
côtés de ce père nostalgique et amoureux, moi-même
amoureuse et nostalgique. Je ne saurais dire de quoi.
Peut-être simplement des désespoirs qui m'attendaient.
Par un autre beau jour, Ubald de Montbrun, voyageur
assoiffé et inextinguible, s'égara à quelques kilomètres
de notre ferme. Un paysan passait. Ubald lui demanda
précisément ce chemin perdu. Mais la seule route que le
pauvre hère savait était la nôtre. Il la lui indiqua. Avez-
vous remarqué comme les hommes tombent toujours
amoureux ?

Se taira-t-elle jamais ? Morte, se tairait-elle ?

— Vous ne m'écoutez plus ? ...tombent toujours
amoureux, donc. Il voulut choir dans mes bras. Je
m'esquivai. Il tomba par terre. Est-ce le choc ? Il m'épousa.

Décidément elle n'écrirait toujours qu'un seul livre.

— C'est ainsi que je devins Angélie de Montbrun. Et
le demeure. Mais une Angélie de Montbrun ruinée ! Me
comprendrez-vous ?

En tout cas, c'était pas les explications qui manquaient.

— Je suis pauvre! Clarisse V. meurt violentée! J'hérite! N'entendez-vous pas qu'on m'accuse? Et jusqu'au bagne?

— Vous y écrirez un deuxième tome.

— Mais j'ai tout dit dans...

Elle redevient riche pour me regarder. Mais Martha m'a appris à toiser avec mépris. Je suis le plus fort, et je la congédie.

Les hésitations d'Angélie de Montbrun, ses silences prolongés, ses redites, son lent débit comme d'une visitée continuelle, d'une inspirée, d'une mystique, et sa façon presque perverse d'étirer certains mots où on la sentait proche de se vautrer, tout cela avait pris beaucoup de temps. Il était 15 heures 5. Et il en restait trois à voir! Vous savez c' que j' préfère? Les p'tits meurtres tout simples de la classe moyenne.

J'appuyai sur le bouton de l'interphone: «Pause syndicale! Je paie pas pour rien! Apportez-moi trois westerns et un grand café noir. Et les journaux.»

Peu après un jeune policier entra. Il devait être frais émoulu de l'école de Nicolet: il sentait encore la craie. Il avait cette particularité des nouveaux: il portait son revolver en bombant la hanche, comme les shérifs dans les vieux films bombaient leur torse étoilé. Du café avait débordé sur les journaux.

C'était prévu. Le meurtre de Clarisse V. faisait la une de la presse entière. Comme j'avais refusé de faire des déclarations aux journalistes, les articles étaient à peu près muets sur les événements. Ils se rabattaient donc sur les invités. Comment la police pouvait-elle être «assez sotte et assez maganée» (j'ai cité) pour oser douter, ne fût-ce qu'une seconde, de l'innocence de «nos si chers Olympiens»? Partout la même salade. J'y préférais mes sandwiches.

Le jeunot rentra. Cette fois il m'apportait le rapport d'autopsie.

— Attention de vous luxer quelque chose.

Il ne comprit pas.

Le rapport d'autopsie décrivait les dégâts avec plus de générosité que moi tantôt. Sacré médecin légiste : il y avait quasiment des pauses publicitaires ! La mort avait dû être instantanée, etc. Et on insistait sur la force extraordinaire du coup, etc.

— Et à propos des empreintes ?

— L'Identification n'a pas encore terminé, chef.

— C'est bon.

Toujours la même chose avec l'Identification ! Elle porte bien son surnom de Service Baby's Own : guili guili, en chatouillant la scène du crime, en vraie matante. Mais pour ce qui est d'en relever rapidement les empreintes, c'est une autre histoire.

Je commençais un long soupir, il fut interrompu par Elvire Simard. Elle entra sans frapper. Sa famille a construit le pays : Elvire se sent partout chez elle. Connaisseuse mais dédaigneuse, elle a déjà jugé de mon bureau en refermant la porte. Après avoir enregistré chaque lézarde, la peinture écaillée, la fenêtre renflée et les glouglous de la tuyauterie à travers les murs, elle a envie de me soumettre un contrat de rénovations. Elle ouvre la bouche, se ravise. Elle m'enverrait plutôt une estimation gratuite. Elle ferme la bouche, les lèvres si pincées que les narines se pincent aussi. Caricature de la propriétaire offusquée par les coutumes de ses locataires immigrés.

Elvire Simard s'approche de la cinquantaine comme d'un Graal : avec une circonspection, une curiosité, une fascination rayonnantes. Elle est magnifique. Sa beauté de granit est encore rehaussée par un de ses fameux tailleurs noirs, faiseurs de sa légende. La fable ne ment pas : Elvire Simard continue à faire sauter les hommes comme des coffres-forts. Presque statue, elle sourit très peu. Mais elle s'assoit tout de même.

— Connaissiez-vous Clarisse V. depuis longtemps ?

— Vingt dieux !

Et l'expression sonna comme 20 millions. Elle s'envoya les yeux au ciel, remarqua le plafond, battit des paupières, maquillées en *morpho cypris* de Colombie, et son regard s'immobilisa enfin sur ma cravate.

— Tout au plus 6 ou 7 ans. En fait depuis que notre famille a dessiné les plans de la maison d'Edward V. À ce moment-là, j'ai rencontré Clarisse afin de lui suggérer les services de Bernard Cressot, designer émérite. Elle m'a dit y avoir pensé, connaissant le Bernard depuis longtemps. Nous avons pris le thé sur le chantier. Nous avons parlé de choses et d'autres, mais très librement vraiment. De Venise, du Nil, de Paris tellement ennuyeux depuis que Gertrude Stein n'y radote plus... Que sais-je encore ? Nous prenions le thé, quoi ! Mais alors là, nous nous sommes plu ! Clarisse avait une telle délicatesse d'âme ! Une telle expérience du cœur humain ! Et une culture si complète ! Elle pouvait tout aussi bien parler des pauvres que des fourmis, des peintres hollandais que d'électricité, de Jacques Bilodeau... Comment ? Vous ne connaissez pas Jacques Bilodeau ?

Je ne saurai jamais ce que j'ai fait pour mériter cette interjection, qu'elle me lança à la tête comme une gifle, la main en l'air. Avare de gestes, elle en profita pour fermer la digue aux confidences :

— Bref, nous nous entendions à merveille et ce fut le début d'une riche amitié que seule la mort pouvait résilier.

Elle eut une courte larme, essuyée tenument.

Elvire Simard mentait. Je savais qu'elle mentait. Je l'écoutais mentir. Ses phrases collaient mal. Elles ressemblaient à de la marqueterie bâclée qui gondole à la moindre humidité. Cette idée me rappela vaguement un vieux scandale dans quoi son père avait trempé. Et celui-ci essayait de m'entraîner vers un scandale plus ancien. Mais je réfléchissais mal... Un scandale pourtant... Qui remontait très loin. Quel âge avait donc Elvire Simard, en ce temps-là ?

— Parlez-moi de votre enfance.

— Elle fut heureuse.

— Et votre adolescence ?

— Dorée sur tranches.

Voulant fixer l'époque du pétard, je demandai encore :

— Sur tranches d'insultes ?

Elvire Simard se brise :

— Vous êtes un odieux, un ignoble personnage !

Elle se leva dans un cliquetis de bracelets. Elle sortit en titubant sur son piédestal. Elle criait :

— Ah ! Bernard ! Bernard ! Quel monstre !

J'avais touché quelque chose, mais quoi ?

Bernard Cressot entra. Il était troublant.

— Allez-vous me casser comme cette pauvre Elvire, inspecteur ?

Non par les traits mais par l'attitude générale, décomposée en mille manifestations particulières, Bernard Cressot ressemble à Bernard Héon comme deux signatures d'une même main — majuscules identiques, et identique l'élan de la graphie. Il est un Bernard Héon vieilli. Il en est l'avenir, et son passé a naguère répété le présent de Bernard Héon. Est-il heureux de cela, de revivre ainsi, en différé ? Il était assis, amusé de ma surprise, les jambes croisées, une main très blanche sur les genoux et l'autre sur l'épaule opposée. Bernard Héon s'était assis exactement comme lui. Certes, ils partageaient une similitude de manières déconcertante, mais contrairement à Héon, ses gestes délicats, ses poses étudiées et ses intonations presque chantées ne venaient pas à Cressot de l'habitude de l'argent. C'était d'ailleurs. D'où ? (Chacun en soi séquestre son passé : du mien s'échappa soudain un petit bonhomme qui agitait une main mouillée.) De quel espace ? D'une île enchanteresse ? par moi autrefois rêvée ? que je croyais endormie, sinon assommée ?

L'image de Martha, essoufflée de se tenir simplement debout, passa devant mes yeux, y brouillant une repentance consentie. Et, je me rappelle, c'est à ce moment qu'il a dit :

— Ne vous épouvantez pas.

Je revins à moi. Mais c'était aussi un retour à lui — retardé sans doute, inéluctable pourtant.

— Depuis combien de temps fréquentiez-vous Clarisse V. ?

— Je ne saurais préciser.

— 30 ans ? 40 ? 50 ?

— Vous me vieillissez. Ce n'est pas gentil.

— Il y a eu meurtre.

— Tant mieux.

— Vous souhaitiez sa mort ?

— Non. Une vengeance. Convenez que j'ai été servi au-delà de mes espérances les plus gourmandes.

— Vous l'avez tuée ?

— Ne soyez pas ridicule ! Regardez-moi un peu !

Je le regardai beaucoup. Quelqu'un, en moi, sortit de ses limbes : une courtisane fripée, messagère d'une révélation : j'avais été jeune, j'étais vieux. Un vieux fou.

— Pouvez-vous m'imaginer, moi, en train de...

Non. Je ne pouvais que me le représenter, lui, allongé sur des miroirs *confortables*, flambant nu, bandé... Il existe une seule révolte plus atroce que la révolte silencieuse : celle-là qui fut la mienne en cet instant, subite oui — et muette.

— De quoi vouliez-vous vous venger ?

— C'est l'histoire de plusieurs vies.

— Elles valent bien la mienne, non ?

— Je suis homosexuel.

Il me jette un regard. *Un regard de bar.* Et il raconte :

— Imaginez l'arbre généalogique de ma famille. Observez-le bien. Que voyez-vous ? Un homosexuel assis sur chaque branche, les jambes croisées, une main très blanche sur les genoux et l'autre main sur l'épaule opposée. Ce n'est pas une métaphore : nous sommes homosexuels de père en fils depuis des temps immémoriaux. Je ne peux fournir aucun détail sur l'origine de cette pratique. Toutes les recherches entreprises par nos générations sont demeurées vaines. Les annales oublient sciemment ce genre de mœurs : les Cressot ou Jeanne d'Arc — car elle était lesbienne — en témoignent. Bref, cet ancêtre ignoré en décida pour nous. Au soir de sa vie, la lune s'est levée, et il passa une nuit magnifique. (Marie Curie également sans doute.) Il avait artificiellement — je veux dire : par un acte de la seule volonté —il avait inventé une nouvelle race. Traversant les siècles, les guerres, les famines, la bêtise et l'Atlantique, cette tradition s'est perpétuée jusqu'à moi, *sans jamais d'erreur,* sans jamais de désobéissance. Mais c'est avec moi aussi qu'elle prend fin aujourd'hui. J'ai lamentablement échoué. *Et c'est à cause de Clarisse V.*

Je le revois s'animer. Il parlera en battant les mains comme on bat les cartes dans un casino — puis rapidement il distribuera ses mains multipliées autour de lui et quelques-unes voleront sur mon bureau, tremblantes, livides, quêteuses.

— Clarisse V. était la mère de Bernard Héon — un nom grotesque à peine racheté par son homonyme. Je suis son père, vous l'aurez compris. Une tradition comme celle de ma famille, vous le concevez aisément, ne va pas sans certaine complaisance vis-à-vis de l'autre sexe. Il faut bien le faire cet enfant mâle !

— Si une fille naissait ?

— À ma connaissance, il n'y en a eu qu'une : chez grand-père — quel homme exquis ! — et la méningite l'a très vite rappelée. Et puis quoi ! Ce sont les risques du métier. Ce qui importait vraiment, c'était de choisir la mère avec intelligence et discernement. Personne ne s'est trompé. Avant moi. Je croyais pourtant avoir trouvé en Clarisse le réceptacle idéal de mon rejeton. Les serments enflammés qu'elle m'a jurés ! Elle avait le feu au cul, oui ! « Je te le jure devant Dieu et les hommes. — Les hommes suffiront. — J'élèverai ton fils de façon à ce qu'il soit homosexuel. »

— Mais comment est-ce possible ?

— En le mettant pensionnaire, voyons ! Et cette garce de Clarisse l'a mis à la campagne. C'est un moyen qui donne parfois les résultats escomptés, mais — voyez mon fils ! — il n'a pas l'efficacité inaltérable du pensionnat. Mon pauvre petit Bernard ! La ferme l'a complètement chamboulé : il déteste les femmes et il n'aime pas les hommes.

Silence recueilli. Puis :

— Croyez-vous qu'il se masturbe au moins ?

— Chose certaine, vous teniez là un beau mobile de meurtre.

— Je le qualifierais de digne !

C'est avec dignité aussi qu'une larme fit briller sa joue.

— Mais je n'ai pas tué Clarisse V. C'est en toute innocence que je me réjouis de sa mort.

— Concluons là-dessus. Mais vous restez à la disposition de la justice.

Il se leva comme une fusée.

— Il n'y a pas de justice, monsieur !

— Laissez la porte ouverte, s'il vous plaît.

La main sur la poignée, il se retourna.

* * *

Je viens de transcrire l'essentiel. Il manque des bouts : j'ai peu de mémoire. La seule chose dont je me souviens jamais, et *totalement*, c'est de Martha : sa façon de me haïr dans son amour même, sa manière de me diminuer en me grimpant sur le dos et de ne plus croire en moi en me croyant diminué, son enroulement sur soi de ne plus partager mes rêves. Ce que je me rappelle aussi, sans relâche, ce sont mes acquiescements raisonnés à tout cela et mes envies qu'elle ne vive plus et que moi, je le fasse enfin — vivre, je veux dire, sans jugement de personne, sans explications à personne.

* * *

Des policiers passaient, rentrant chez eux. Ils avaient l'air abattu. À cause de la journée terminée ou de la soirée à venir ? Il m'arrive d'être méchant. J'imaginais quelque Martha glapissante, assise dans leur cuisine, et les attendant comme on crie.

Moi, j'attendais Léopold Dionne, président-directeur général d'une des plus importantes multinationales du monde. Il n'entrait pas. Il n'a sûrement pas l'habitude de faire couler l'eau de son bain. Mais fallait-il pour autant aller le chercher par la main alors que la porte était ouverte ?

J'ai toussoté. J'ai toussé, grogné, grondé. Finalement j'ai parlé. Aussi fort qu'à un sourd à la feuille passablement barbouillée.

— Monsieur Dionne ! Monsieur Léopold Dionne !

Je vais voir : personne.

J'ai trouvé son adresse dans le dossier.

Il y a un miracle dans l'air du printemps qui replace les choses : j'étais encore vieux mais je n'étais plus fou.

La sonnette retentit comme un glas. J'ai le temps de voir passer un cercueil, des marches du chœur jusqu'au portique de l'église : était-ce Clarisse V. ? Il est vrai que Léopold Dionne habite une grande maison. La porte s'ouvre enfin. Sans avertir. Ou plutôt elle s'entrebâille. La marge d'homme que j'aperçois est dans un désordre total : robe de chambre en lambeaux maculés, cheveux hirsutes, face rouge et rogue, œil hagard, bouche tordue. Il me reconnaît. Désarçonné, il murmure :

— J'ai oublié.

Un formidable galop explose soudain au-dessus de nos têtes, roulant d'est en ouest, d'ouest en est, d'est en ouest. A perdu le nord. Connaît pas le sud.

— Qu'essé ça ?

— C'est... c'est Jupette.

— Jupette ?

— Une... jument.

Une autre conséquence rare de l'éducation campa-
gnarde ? On ne pouvait rendre plus lumineuse la lumière
même. Je n'ai pas insisté.

— Voici votre convocation pour mercredi. Soyez-y
cette fois.

— Oui.

— Une question. Clarisse V. vous faisait chanter ?

Un sanglot animal secoua sa crinière argentée.

— Oui.

Quelle talle de fous ! Que j'ai désormais rejointe,
irrémédiablement — voyez-vous le mot diable ? Et ce
brouillard tombé d'hier, qui ne bouge pas, qui n'entre ni
par la bouche ni par le nez, mais par les yeux. Comme
un linge s'enroulerait autour d'une bille. J'ai peur. Non
pas de ma folie, mais de ses *formes*, de son sans-gêne, de
ses culbutes.

Cette nuit, du lundi 7 mai au mardi 8, je l'ai passée à
l'hôtel. Je la voulais pareille à la journée : dépaysante.
Avoir su que l'étrange s'ébranlait à peine, je serais allé
m'enfouir dans les chairs de Martha : la haine a quelque
chose de rassurant.

J'ai mal dormi. J'ai rêvé que j'étais de mauvaise
humeur...

*   *   *

Ce jeudi 12 mai

... et je l'étais réellement en m'éveillant.

Arrivé au bureau, j'ai bondi sur le téléphone :

— Baby's Own ! Ça urge !

— L'Identification.

— Qu'est-ce qui se passe avec l'affaire Clarisse V. ?

— On n'y comprend rien non plus. Nos hommes sont toujours sur place.

— Gang de nonos ! Qui m'a foutu des paralysés semblables !

— C'est pendant Vignola que ça s'est passé.

— En tout cas, c'est pas Baby's Own...

J'ai raccroché.

Sirène pimpêchante, j'ai filé chez Clarisse V. Je roulais si vite qu'il me semblait décoller. Les lacets escarpés des rues, je les survolais. Oui, j'ai volé vers ce temple déserté : la maison de Clarisse V.

Le moteur ronronnait encore qu'une des femmes de chambre se plaquait comme une sangsue vorace à ma portière.

— Je peux sortir ?

— C'est terrible, monsieur. Salissent tout. Veulent pas qu'on fasse le ménage.

Les meubles et les objets disparaissaient sous une couche uniforme de poudre blanche, comme si le docteur Jivago avait été le nouveau locataire. Quelqu'un demandait d'ailleurs après Lara : « Lara ! Lara ! Avez-vous vu Lara ? Où est-il passé ? J'ai besoin de lui. » J'avais raison : un remake du film serait tout à fait idiot.

— C'est l'Himalaya ou quoi ?

— On ramasse tout ce qu'on peut. Les empreintes sont rares.

— Votre intelligence aussi.

Il me lança un regard glacé : l'iceberg devant le Titanic.

— Grouillez-vous ! J'ai pas que ça à faire. Il y a encore l'histoire de cet affamé mangeur d'enfants maigres qui tire en longueur.

— S'il les prenait plus gros, il en mangerait moins. Pis attendez-vous pas à des prodiges là-dedans non plus : les empreintes, doit être en train d'les chier à l'heure qu'il est.

— Gardez vos réflexions dans votre petite tête de bécosse. La bibliothèque, je peux ?

— Allez-y.

Et l'*y* remplaçait « vous faire foutre ».

Je refermai la porte, *seule* issue de la bibliothèque. Il faudrait bien qu'un jour je me lise *Le mystère de la chambre jaune*. Mais les livres ! Ce n'est jamais qu'une tapisserie pour gens riches. Et aucun moyen de faire changer son papier peint à Martha. Je l'entends : « Pas question ! Suzanne Lapointe l'a assez dit, c'est celui-là qui est à mode pour au moins un siècle ! » Le pire défaut de Martha, le plus laid, le plus abject ? Être mon obsession.

Mais l'assassin ? Comment a-t-il pu pénétrer et sortir de cette bibliothèque alors que Cressot et Bellow y entraient pratiquement en même temps qu'il tuait sa victime ? En refusant d'admettre la complicité des deux témoins, il ne reste qu'*une* solution : les livres dissimulent une porte secrète, à destination inconnue.

Je me mis à tripoter les rayonnages. (Bizarre feeling que celui de taponner les classiques.) Pour ne rien découvrir. L'exploration avait été trop sommaire, trop superficielle.

J'ai rencontré le policier de tantôt dans le corridor :

— J'ai besoin d'aide.

— J'vous envoie Lara.

— Il est dégelé ?

— Hein ?

À deux, nous entreprîmes de vider la bibliothèque de tous ses livres. Méthodiquement. Rapidement. Au XVIIIe siècle — je l'ai appris pendant ce travail — les livres se publiaient en plusieurs tomes minces. Aujourd'hui on les publie en un seul volume pesant. Juchés sur nos escabeaux, à bout de bras, il n'est pas étonnant d'avoir été si vite épuisés. Mais cela nous a magnanimement servi. Lara laissa tomber un livre — *Jivago*, justement — lequel, en rebondissant, s'ouvrit. Une cassette s'en échappa.

— Voici la porte que je cherchais !

— C'est une cassette.

— Évidemment !

— Ben pourquoi...

Je rentrai chez moi. J'avais besoin de la clef de cette porte : un tape deck.

*   *   *

— Rob-bert ! T'aurais dû téléphoner. J'étais dans tous mes états !

— La ligne était en dérangement.

— La ligne d'la police ! Han...

— Mais non. La ligne de l'hôtel.

— T'es allé coucher à l'hôtel ?

— Oui.

— Pis tu me l'as pas dit !

— J'ai pas eu le temps.

— Pis tu m'as pas invitée !

— J'ai pas eu le goût.

— Toujours pareil avec toé ! Tu t'amuses toujours rien qu'de ton bord !

— Je me suis pas amusé, Martha. J'ai dormi. Et mal.

— Ça, c'est parce que tu t'es ennuyé de moé. T'avais juss à m'amener. C'est ben bon pour toé. Mais Rob-bert ! Quand est-ce que tu vas t'dompter ? Tu l'sais que tu peux rien faire sans moé. Qu'y faut toujours que j'soye là pour te dire comment agir, quelle heure il est ou qu'y faut manger ta salade, te couper les ongles, pas tant fumer. Mon Dieu ! Rob-bert !

— Excuse-moi, Martha. J'ai du travail.

— C'est ça ! Traite-moé encore comme un chiffon J. Que tu soyes là ou pas, c'est toujours pareil ! J'comprends pas pourquoi j'm'énarve tant. J'te l'dis, Rob-bert : j'm'ennuie. J'm'ennuie avec toé. La guénille est tannée. Ton maudit bain, tu l'laveras toé-même la prochaine fois !

C'est ça. Ma vie avec Martha, c'est ça.

J'ai pu enfin gagner mon bureau. Où j'ai écouté ceci :

*   *   *

Et puis ai pensé à Paolo Noël, Michel Girouard, Ginette Ravel, Michèle Richard. Peux bien en écrire une aussi — mais sans fautes d'orthographe. Au moins, moi, suis intelligente.

Quelques grandes lignes, repères, ancrages. À développer. Sinon plaquette. Pas bon vendeur. Achètent comme ils mangent : gros bouquins, grosses bouffes. Après gros pets, mais autre histoire.

Chapitre « Les géniteurs ». Mère se dépense comme une fortune. Père riche avant d'être ruiné. Puis père fou. Mais d'abord, parler des deux grands-pères 36 métiers-36 misères ? Et des grands-mères, une suicidée, l'autre silencieuse ?

Câlice ! Parenthèse ouverte. Trop tard préface Anaïs Nin. Lise Payette ? Pus bonne. Francine Noël ? Trop plate. Toutes mortes les meilleures. Pis personne lit préfaces. Mais exergue. De Virginia Woolf : fait bien. « I'm sure my morals would have been worse. » Sans dire source : fait mieux. Fermeture parenthèse.

Chapitre « Première enfance ». Comme tapis : tout le monde marche dessus.

Chapitre « Seconde enfance ». Éducation fillette : impression jamais démentie être petite crotte sous gros tas de crottes. Réflexions philosophiques sur puanteur, amorcées lentement : parler d'odeurs.

Chapitre « Adolescence ». Premier sang : 5 jours à poil, écartillée à genoux sur miroir à chercher un nez parce que voisine cynique a donné Kleenex en disant : « Mouche-toi ». Après la... la... disons en attendant la découverte... Pas si pire finalement. Après la découverte de l'amour cicatrisée, recherche auprès et dessus et dessous plusieurs partenaires de l'orgasme. Description desdits. Donc chapitre amusant, drôle, hilarant. Moi là-dedans comme si j'avais le cœur trop proche du cul.

Chapitre « Rencontre et mariage ». Apparition, pas sur nuage ou dans champ de roches mais dans sa banque : Fort Knox II, d'Edward V. Mariage. Comme tout le monde. Au moins lui milliardaire.

Chapitre « Vie matrimoniale ». Zéro pour le moment. Expérimenter scènes épouvantables pour documentation. Suivra.

Après tout peut-être livre trop petit. Mais, conclusion possible, trop jeune pour brique. Même plus vieille... En *admettant que l'existence soit une demeure, taudis ou château, il me suffirait d'une brique minuscule pour la bâtir : je suis femme parmi autres femmes.*

Fin. Clarisse V.

* * *

La cassette déroule un silence meublé de soupirs mécontents. Clic. Ou clac. Je la retourne.

* * *

Ajouter appendice chapitre « Échos-Vedettes ». S'écrit comme ça ou pas : avec trait d'union ? Fuck les unions comme disait Ed.

1 . Mon cher fils, Bernard Héon. Le feu et l'eau. Je m'allume, il m'éteint. Sordide salaud. Ressemble à son grand-père maternel.

2 . Bernard Cressot, son cher papa. Pouffiasse. Oui explosions dans touffe à cause sa grosse pine, grosse bitte, gros manche, gros bat. Mais fallait le dire, le crier, le hurler tout le temps de la baise. De grâce, Clarisse, n'écris jamais comme tu parles. Mais dans le fond, et de plus en plus en surface, Bernard rien qu'une tapette affligée de virer sacoche. Méchante Cressot. Acariâtre. Ne connaît pas le pardon. Non, il a oublié le pardon dans ses rides.

3 . Albert Flynn alias Grace Bellow. Tout raconter. Avait juste à se retenir de tant m'haïr. Pas ma faute à moi si trop niaiseux. Certificat de naissance à l'appui. Signe particulier : tache de vin en forme Vatican sur nuque.

4 . Elvire Simard. Qui a été cause fiançailles rompues avec Edward ?

5 . Angélie de Montbrun. Écrire les bouts cochons qu'elle a sautés dans son livre.

6 . *Léopold Dionne. Chantage évidemment. Mais, je le demande, y a-t-il quelqu'un dans le monde qui ne ferait pas chanter un homme qui ne baise que les juments ?*

Dernière phrase correcte. La transcrire exactement.

* * *

Puzzle assemblé et défait par elle, Clarisse V. n'en avait pas dérangé, dispersé, mêlé les morceaux. Ils s'attachaient tout seuls les uns aux autres. Casse-tête mécanique additionnant les mobiles de meurtre : animosité, ressentiment, peur, vengeance, comme autant de points de vue d'un tableau unique : la crucifixion de Clarisse V. Mais en plein centre, il manquait une pièce, la dernière. Le meurtrier, ou la meurtrière, la gardait dans sa poche.

Si les interrogatoires du lundi avaient été longs, ennuyeux, lamentables ou anodins, ceux du lendemain ne le seraient certainement pas.

J'ai passé une partie de la nuit à repousser les invasions de Martha sur mon oreiller. Elle chiale même en rêvant : « Les lits jumeaux, c'est pour les autres, Robbert ! As-tu compris ? »

* * *

Ce jeudi 13 mai

Léopold Dionne arriva le premier. Il ressemble parfois à un jockey trop vite grandi, dégingandé, toujours un peu penaud, triste d'une gloire manquée. Il s'avança vers moi d'un bon pas, entre trot et galop. Il me tendit une main aux ongles taillés en sabot et l'épaule bougea comme si elle sautait une haie.

— Ascenseur si lent. Pris l'escalier. Douze étages. Ouf !

Il était en nage, il soufflait fort, inspirant par les naseaux, expirant la bouche ouverte (grandes dents jaunes mal plantées), bref il s'ébrouait.

— Désolé vraiment pour l'autre jour. M'excuse encore.

— Je comprends. Mon frère est aussi palefrenier. Un métier très accaparant, je sais.

Il se cabra, paupières piaffantes, mais resta coi : Angélie de Montbrun entrait.

— Ça sent le cheval, on dirait.

D'un coup sec, elle redevint publique :

— Oh ! mais ça sent toujours le cheval depuis mon terrible accident. Les souvenirs ont des odeurs. Bonjour. J'ai prié Dieu pour nous tous ce matin.

Elle s'assit avec solennité. Amorce déroutante de son geste : elle sembla vouloir s'agenouiller.

Mauvaise nuit ou lumière matinale ? Les cicatrices de son visage étaient fripées, chassieuses, colorées de blanc cassé, de rose vif, de brun foncé : une grosse boule de crème glacée napolitaine.

Je me sentis fatigué pour elle de cet effort têtu de redonner un parfum à ses souvenirs désormais éventés. L'embarras qu'on ressent devant les infirmes provient de deux sentiments : la pitié et l'indifférence. Pitié : le corps d'Angélie de Montbrun s'affaissait comme un vieux matelas, boudins étalés. Mais il s'en dégageait, de là l'indifférence, une arrogance d'autolâtrie, un orgueil spectaculaire en même temps qu'une répugnante humilité — maladie des torturés.

Mais sait-on *comment* vivre infirme ?

Grace Bellow s'encadra dans la porte. Pourquoi de dos ? Sa longue chevelure blonde, généreusement bouclée, rejoignait la taille. Avalanche figée. Ou rideau de théâtre dont les tringles apparaissaient dans les repousses.

Elle se retourna :

— Pardonnez-moi, j'envoyais la main à des admirateurs.

Tout en parlant, elle fit trois pas annonciateurs : la représentation commençait.

— Comment allez-vous, mes chéris ? Je vous donne une primeur. À condition que vous n'avertissiez aucun journaliste. Devinez qui m'a demandé en mariage ? Dougl...

J'écourtai la tirade :

— Veuillez vous asseoir ici.

— Mais enfin !

— Ces messieurs font leur entrée.

C'était les Bernard, Héon et Cressot. Le reflet de l'un, miroir au tain grafigné, ne dévisageait pas l'autre, mais l'accompagnait. D'une élégance d'habillement comparable, d'un maintien identique, d'une pareille fatuité d'âme et d'argent, ils n'en paradaient pas moins une gémellité dégénérée.

Dans les yeux d'Héon, il n'y avait de place que pour son papa admiré, exaltant et *tutti quanti*.

Cressot me pointa d'un regard vide, invitation ci-incluse d'y grimper. Un regard entendu. Je fis la sourde oreille. Mon martyre se devait de passer après celui de Clarisse V. C'est pas parce qu'on a raté sa vie qu'on va rater sa job.

— Mesdames.

— Messieurs.

Et ensemble :

— Bonjour.

Deux naked twins dans un late show de Copenhague. Trop touristique à mon goût.

— Laissez faire les civilités.

Avec la même coordination de chorale, ils s'exclamèrent :

— Et en avant la goujaterie !

Il ne manquait plus qu'Elvire Simard. La voici justement.

— Bonjour toi. Bonjour toi. Je résume : bonjour vous.

Elle en avait changé, mais c'était le même tailleur noir qu'avant-hier. Elvire Simard est une vision. Littéralement : elle *apparaît*.

— Inspecteur ! J'en ai parlé avec mon mari tout à l'heure. Nous avons décidé de vous offrir une manière de cadeau.

— Projet de rénovations ?

— Comment donc le savez-vous ?

— J'ai pas fini d'en savoir. C'est pas le petit doigt qui a causé. C'est la main entière.

— En fait, c'est Clarisse V. qui a parlé.

Tous connaissaient l'autobiographie inédite. Et de s'écrier :

— Sa marotte !

— Une vraie tache avec ça.

— Arrogante comme une poignée de morpions.

— Enfargeante comme un gros sac d'épicerie.

— Achalante comme l'urticaire.

— Et d'un vulgaire !

Le téléphone sonna : c'était Martha.

— Rappelle-moi dans un siècle.

Et d'une même traite :

— Vous saviez surtout qu'elle allait publier chacun de vos scandales !

— Lequel ?

— Elle l'aurait inventé !

— Je la poursuivrai pour diffamation !

— Elle est morte.

— Elle était folle.

— Il faudrait la tuer !

— Encore !

— Il n'y a pas de scandale dans notre famille.

— Dans la nôtre non plus !

— Pour qui me prend-on ?

— Un instant !

— Au contraire ! Immédiatement !

— On ne sait même plus qui parle !

— Farmez vos gueules !

Silence — comme bombe atomique. Angélie de Montbrun sortit la première du champignon, bardée de sept mille douleurs cuisantes.

— J'ai déjà tendu les deux joues. Je m'en suis fait pousser dix autres. Combien en faudra-t-il encore ?

— Vous, n'insistez pas ! Vous l'avez déjà trop fait. Si vous n'aviez pas été votre propre auteure, je vous aurais

déjà condamnée. Une loi existe pour punir la photocopie
non autorisée.

— Vous m'attaquez avec la mesquinerie d'un critique.

— Et je vais continuer. Et je ne mâcherai pas mes
mots, madame de Montbrun ! Votre père vous fourrait
comme un cannelloni jumbo. Votre sainteté aurait
mangé une maudite claque à la sortie du livre de
Clarisse V. Et en prime, vous héritez de sa fortune.
C'est suffisant ou pas ?

Léopold Dionne se mit à ruer :

— Vous mériteriez la cravache pour ces insanités.

— Vous sortez de votre paddock, vous ? Je me tais.
Des insanités, vous en avez suffisamment à dire vous-
même. Parlez-nous donc de Jupette.

Du légendaire cheval de Troie, des soldats s'échap-
pèrent. C'est à peu près ainsi, par à-coups sonores, que
Léopold Dionne se vida de toute humanité. Grand
animal blessé par la ville, il évoquait en ses instincts,
pour tâcher de survivre, des sous-bois, des prairies, des
plateaux venteux et des montagnes, et toute la nostalgie
et tous les regrets s'en déroulaient dans ses yeux fixes.
« Jupette, petite Jupette », répétait-il.

— Docile et fringante Jupette. La plus dorée. La plus
belle. Irremplaçable. Et si jeune ! Qu'une pouliche hier
encore ! Pégase à côté est une picouille creusée de
salières. Tout en elle atteint la perfection : la poitrine, le
chanfrein, la ganache, le garrot, la fesse, le grasset.
Couchée dans mon lit...

Des oh et des ah parcoururent l'assistance.

— Eh quoi ! Vous êtes-vous promenés tout nus sur
un cheval, la croupe ouverte sur sa pelisse, les cuisses
caressant ses flancs et ses flancs caressant vos cuisses,
les talons à son ventre et sa queue vous fouettant les

reins ? Non ? Jamais ? Alors taisez-vous ! Vous ne pouvez pas comprendre. Cette chère Angélie peut-être...

Mais l'Angélie s'était absentée : elle restait là, objet devenue, creuse, vide.

— Croyez-vous donc qu'il soit impossible de trop aimer une femme ? Cela m'est arrivé, à moi. Elle s'est vite lassée du parfait bonheur. Elle n'avait qu'un seul argument : «Mais Léopold, c'est toujours pareil !» J'ai supplié, pleuré, crisé, me roulant par terre, possédé d'un haut mal, sans orgueil, sans respect, déjà plus bête qu'homme. M'arrachant le cœur, elle m'a quitté. J'ai vécu le cœur arraché. Vous savez certainement que la main coupée d'un manchot se déforme encore sous les crampes. Il en est ainsi du cœur. Les infarctus me pliaient en deux, en quatre, en six. Les médecins consultés étaient ébahis mais impuissants à me guérir. Nerveux, harassé, malade, on me conseilla un séjour à la campagne. J'y ai loué une maison isolée. C'était l'été. Je pouvais me permettre de ne porter aucun vêtement. Il y a dans l'homme, dans l'homme occidental en tout cas, une croyance obscure qu'il n'éclaire jamais. Il croit que de vivre nu peut lui faire retrouver quelque chose de fondamental, une innocence oubliée, une virginité perdue. Tous les matins, à l'aube, j'allais me baigner dans la rivière. Voulais-je réellement mourir ? Une fois, j'ai été en train de me noyer. Avant de perdre conscience, j'ai entendu un long hennissement. Et c'était un cri de désespoir. Je me suis réveillé sur la berge. Une jument me léchait. Un coup de sa belle langue à la place du cœur y fit jaillir une fontaine d'Hippocrène. Le sort en était jeté. J'avais chaviré. La passion des chevaux me tenait pour de bon... Il en est passé des juments à Blue Bonnets.

— Évidemment !

— C'est la nom de ma résidence, Cressot... Mais toutes n'étaient qu'un degré m'amenant, de délice en délice, vers la perfection, vers la totalité. C'est-à-dire Jupette.

Il se tut.

— Combien vous coûtait le silence de Clarisse V. ?

— Un million et demi par semaine.

— Mais c'est colossal !

— Je n'aime pas l'argent.

— Mais vous aimiez vos intimités. S'il avait fallu que Clarisse V. porte vos mœurs sur la place ?

Il ne répondit pas. Il ne savait plus les mots des choses humaines.

Le silence se prolongeait, à peine éraclé par des bruissements de soie, des babils de pendants d'oreille ou par l'inconfort des chaises. Les homosexuels vieillissants ne supportent pas le silence — ils le croient mutisme dédaigneux. Bernard Cressot n'y tint plus :

— Étant donné la propension de ce monsieur à jouer dans le caca, je vous le demande : à qui le tour ?

— Pourquoi pas le vôtre ?

J'avais parlé trop fort. C'est en hurlant que j'ai achevé :

— Ce sera vite fait. Il y aurait affront à l'intelligence à y appuyer davantage. Vous avez monté en système la haine que vous inspirait Clarisse V. Les raisons de votre haine sont aussi limpides que vos mobiles.

Mes paroles ont eu l'heur de frapper un visage. Non pas celui de Cressot, celui de Bernard Héon. Son corps se déjeta sous le choc. Le petit serin se changea en fougueux dragon : ses yeux brûlaient dans les flammes de sa face.

— De quoi vous mêlez-vous ?

— Du meurtre de Clarisse V.!

Son image saisissante, déchiquetée par le strobos-
cope du sang, me calma.

— Jusqu'ici tout le monde raconte une histoire de
sexe. Nous vous écoutons.

Les flammes s'éteignirent. Il ne restait plus qu'une
coulée de corps. Et c'était Bernard Héon.

— Il n'y a rien à raconter.

Son père l'implorait :

— Tais-toi! Tais-toi!

J'ai continué pour lui :

— Bernard Héon, votre éducation vous a perturbé.
Bernard Héon, vous ne savez pas ce que c'est que le
désir. Vous ne ressentez pas le désir. Ce désir qui sent
la marde, qui fait en manger, avide, vorace, affamé.
Excusez ma grossièreté, c'est celle du sexe. Bernard
Héon, vous n'avez pas de vie sexuelle!

— Et vous? me demande Cressot.

— Mais votre père ne cesse pas de l'exalter, d'en
exagérer les mérites, la nécessité. Il vous *oblige* à lui
ressembler. Vous êtes blême des efforts inutiles que
vous faites.

— Oui. Vous avez raison. Pourquoi désavouer? J'ai
détesté Clarisse V. à cause de cela. Je la déteste encore.
Vous ne savez pas ce que c'est que de vivre incomplet.
Sans cette aire, de félicité justement. Quand la seule
bonté de la vie vous est refusée. Il n'y a rien. *Rien*. Le
Sahara ou Gobi sont plus que moi avec leurs dunes.
C'est plat, aride, rien n'émerge.

Il eut le courage de sourire.

— Surtout pas ça... Essayez de compter le nombre
de sentiments que j'ignore. Essayez!

On s'est mis à réfléchir. Pendant une demi-heure.

— Il vous en manque encore trois mille. Vous n'avez pas idée. J'ai voulu me faire intellectuel, mais d'où penser ? Écrivain, mais de quoi écrire ? Tailleur, mais je bousillais les fourches. Tout m'échappe.

— Mon pauvre petit garçon. Au moins restes-tu à l'abri du sida.

Je commandai du café. Le jeunot l'apporta. Je m'étais trompé l'autre jour : il n'arbore pas son revolver comme un insigne de shérif, mais comme un pénis gros, dur, porté à droite.

— De témoins, vous deviendrez tous suspects.

— Pas moi !

— Madame Simard, permettez-moi de citer Clarisse V. : « Qui a été cause fiançailles rompues avec Edward ? »

— Elle a toujours parlé par ellipses. Quelles fiançailles, grands dieux ?

— Les vôtres.

Un énorme diamant, jauni, brilla dans ses yeux.

— Vous savez cela aussi ?

— Oui.

— Mon père a commencé au bas de l'échelle. Son premier contrat avait pour objet la construction d'un poulailler sur la Rive-Sud. Son deuxième contrat aussi, et son troisième, son quatrième, son cinquième : avec toutes ces dindes de banlieue... Une progression lente mais effective. Poulaillers, étables, granges. Tout le bataclan. Et la campagne déménageait à la ville. Ou vice versa. On le demandait de plus en plus. Oh ! c'était pas rose tous les jours. Mais tous les jours c'était la sciure. Les vaches étaient maigres ou grasses. Les propriétaires aussi. On mangeait souvent des clous. Mon père ne se décourageait pas : il croyait en sa réussite future.

Elle insista sur le mot. Avec toute la résistance des pauvres à la faim.

— Il n'a pas eu tort. Mais mon enfance s'est passée à charroyer des planches, des marteaux, des varlopes, des chaudières de ciment, des blocs de béton. Pendant que mes compagnes d'école s'amusaient, le jumper au vent, les cahiers devant les buissons du parc Lafontaine et elles derrière, rieuses, fantasques, insouciantes. Vous le voyez aujourd'hui, on ne ressemble pas toujours à la vie qu'on a eue... N'en reste pas moins.

C'était une parenthèse.

— Les honoraires de papa étaient inférieurs à ceux des compétiteurs. Edward V. vint le voir pour un travail quelconque. Riche mais avare, Edward ne s'était jamais marié. Il recherchait une jeune fille rompue à la pauvreté. Pas dépensière, donc. J'étais toute trouvée. Papa lui faisait son truc, un garage si je ne m'abuse. Edward V. me faisait la cour — et le derrière. Farcie, repue, je ne réclamais rien : sitôt seule je m'endormais. Il demanda ma main, ayant déjà tout le reste. Mon père exigea que les fiançailles durent une année. Edward accepta avec enthousiasme : la dot en profiterait d'autant. Pendant presque un an, j'ai été toujours fourrée chez lui — et par lui. Au moins je n'avais pas à blanchir les draps. Je ne m'inquiétais pas. Découvrir l'optimisme à cet âge-là ne laisse aucun moment de répit. Et puis, Edward V. ou un autre... Je ne courais pas tellement après le mariage qu'après le *farniente*. Mais dix jours avant le jonc, Edward V. disparaissait avec Clarisse. Quand ils ont reparu, elle portait une grosse grosse bague en forme de V.

Haussement débonnaire des épaules.

— Je ne me plains pas.

Rétractation du mouvement des épaules.

— Oui! Oui, je me plains! Je suis riche mais *addio il farniente, ciao bambino.* Parce que je suis obligée de gagner ma vie. C'est ben simple : les plans, devis, contrats sont encore plus pesants que tout le béton que j'ai pu transporter! Je ne suis pas une femme! Je suis un camion!

— Par la faute à Clarisse V.

— C'était rien qu'une maudite voleuse de gars!

— Pis une voleuse de fortune!

Grace Bellow sortait des coulisses. Elle se leva, fit le geste de se draper dans son talent, recula comme on imagine le faire l'ange Gabriel jusqu'à pouvoir englober l'auditoire. Elle attendit que tous l'aient regardée.

— Je connais mon texte.

Elle plaça sa voix trop haut perchée.

— Je n'aurai pas besoin de souffleur.

Voix trop basse, qu'elle remonta comme un zip.

— J'ai rarement refusé un rôle. On m'offre maintenant d'être l'héroïne de ma propre vie. J'accepte avec plaisir. Et gratitude. C'est mieux qu'un Oscar.

La voix avait trouvé son registre, confortable, mélodieuse. Elle planerait désormais comme au-dessus d'elle-même pour s'éviter tout écart désagréable. Une voix heureuse.

— Je commencerai par le punch final. Le reste faisant figure de flashback... Grace Bellow est un pseudonyme. Je me nomme Albert Flynn.

Effet réussi : un murmure frissonna dans la chambrée. En même temps Grace Bellow souriait, penchait la tête, montrait sa nuque : un Vatican couleur de bourgogne la tatouait.

— Cette tache de vin le prouverait n'importe quand. À ma naissance, on fit appeler l'archevêque de Montréal. Il en prédit un grand miracle catholique et il insista pour m'inscrire dans les secrets de l'Évêché. Je le donne pour ce que ça vaut : l'Église parle toujours de Jean-Paul II en termes merveilleux. Je vous laisse juges et parties. Quant à moi, mon royaume est bien de ce monde.

Changement de tableau.

— J'étais un enfant surdoué. J'ai sauté quatre années du primaire et trois du secondaire. Pour finalement me retrouver dans la même classe qu'Edward V. Pas très intelligent, celui-là. Franchement dumdum dans l'abstraction. Mais il avait un sens pratique extraordinaire. La bosse des affaires à pic en maudit ! Lui et moi : la complémentarité parfaite. J'inventais, il réalisait. Oh ! des petits riens au début. Un stylo électrique, des allumettes musicales, du papier hygiénique lavable à la machine. Des choses sans importance. L'inévitable apprentissage. Mais le temps agissait à notre insu. À force de tâter par-ci, par-là, j'ai fini par avoir entre les mains *la* découverte du siècle. Edward V. n'a jamais voulu avouer le véritable commencement de son empire. Il restait évasif : tantôt textile, tantôt prêt-à-porter. Honte ou remords ? Il a gardé le secret. Mais savez-vous ce que c'était ? Que *moi* j'avais inventé ? Qu'il a mis sur le marché ? *Les petites culottes qui se mangent* ! Nous avons fêté ça. «Nous sommes riches, Albert ! Nous sommes riches ! Fifty-fifty les profits, Albert. Pas besoin de papiers entre amis. Fais-moi confiance. Nous sommes riches !» Au milieu de la soirée, il a vomi cinq douzaines de culottes.

Tout le monde en portait-il une paire ce matin-là ? Ils se mirent à bouger : croise la jambe, gratte la tête, soulève une fesse, gratte le menton, baisse le front.

— Mais avec l'argent est venue l'avarice d'Edward. L'un ne profitait pas sans l'autre. Comme une créature

siamoise. Chiche, parcimonieux, mesquin, pingre, lési-
neux, ladre, grigou, pignouf, pisse-vinaigre, fesse-
mathieu, rat, radin, rapiat. En un trait comme en mille,
c'était Edward V. Il avait fallu tester la trouvaille avant
d'en inonder le marché. Rayon d'Edward. Mais ce
faisant, il avait découvert le vice. Coureur comme un
Villeneuve! Toujours à se plaindre de la chèreté des
plaisirs : « J'aime pas les femmes maigres et les grosses
sont ruineuses. Quel malheur ! » Ce fut aussi le mien.
Un beau jour, il me jeta à la rue. Je n'avais aucun moyen
de revenir contre lui. J'avais en revanche quelques
économies dans une banque suisse. En moins d'une
heure, j'ai vendu tout ce que je possédais à un bro-
canteur. J'ai pris une douche, je me suis rasé, puis j'ai
commencé à m'habiller. J'ai enfilé un caleçon. Réaction
immédiate : j'enfle comme un ballon. J'ai troqué la
culotte contre un maillot de bain et me suis retrouvé
sur les bords du lac Léman... Puis-je avoir un verre de
Perrier ?

Je le lui ai servi moi-même. Comme une gerbe de
fleurs.

— C'est à Genève que j'ai rencontré Richard Burton.
Avec quelques rares prévilégiés — il était éclectique —
je me retrouvais chez lui tous les soirs. Après dîner,
nous nous amusions à jouer des saynètes. J'excellais à
contrefaire Liz Taylor. Celle qui pèse 150 kilos. Je
n'avais qu'à porter une petite culotte. Burton riait
comme un fou : « Ah ! Albert ! Vous devriez être comé-
dien ! Rien qu'avec ce rôle, vous feriez le tour du
monde ! Vous êtes extraordinaire ! » Mon destin espion-
nait sans doute, qui m'a servi cette grande carrière sur
un plateau. Elizabeth Taylor était à Genève depuis deux
ou trois semaines. Elle répétait *Who's Afraid Of That
Old Virginia Woolf ?* Le rôle de George était tenu par un
jeune inconnu. La veille de la première, une rumeur
circula en ville : Elizabeth Taylor avait pris un coup de

froid, elle ne jouerait pas. Richard alla s'informer. C'était vrai. Et il a tout arrangé avec les producteurs, dans le style : « N'annulez rien avant d'avoir auditionné une de mes amies, Grace Bellow. » Eh oui ! C'est lui qui a choisi mon nom... J'ai remplacé Liz Taylor. Et avec un succès phénoménal. On s'est empressé de renvoyer Elizabeth chez elle. Et la pièce, prévue pour un mois, a tenu l'affiche pendant trois ans. Mon métier, je l'ai appris sur les planches. J'avais de plus en plus confiance en moi. La culotte diminuait d'autant : bikini, cache-sexe, puis rien. Le personnage maigrissait, l'actrice grandissait. On me demandait partout : Paris, New York, Madrid, Berlin, Tôkyô, Pékin, Moscou, Leningrad, Notre-Dame-de-Ham. Mais je ne pouvais plus mettre bas le masque et montrer, zizi à l'air, que j'étais un homme. Après *Virginia*, j'ai fait le tour du monde une centaine de fois. Richard Burton avait prédit juste. À la suite du monde entier, Montréal — pas forte forte sur les primeurs, toujours en retard, quelquefois retardée — m'a enfin invitée. Je revenais chez moi, de la gloire plein les bras et une soif de vengeance plein le cœur. Même si Edward V. était mort. À Dorval, j'ai déclaré au maire, qui en fut ravi, que je me fixais dans sa ville. Signature du Livre d'Or, citoyenne d'honneur et le reste. Vous savez cela. Et c'est Clarisse V. elle-même qui marcha vers moi les premiers pas. Je lui ai raconté mon histoire. Elle ne l'a pas crue. Mais mon Vatican portatif et le cardinal Léger ont su la convaincre. J'ai demandé la moitié de sa fortune. Pourquoi ? Parce que j'ai une dette inestimable envers Richard Burton et sa mémoire. Clarisse a carrément refusé. Ma haine d'Edward V. s'est transférée normalement sur elle.

Un recueillement absolu s'abattit sur nous tous. Nous serions sans doute encore dessous si Grace Bellow n'avait pas crié :

— Ben vous pouvez parler asteure !

Le jeunot écoutait-il à la porte ? Il entra à l'instant même.

— C'est le rapport de Baby... de l'Identification.

Décidément il apprend vite le métier, ce brave petit.

J'ai été tenté de le lire tout de suite. Et puis non. Je l'apporterais plutôt à la maison pour l'étudier en paix — si possible.

J'ai dit, et ma voix ressemblait à la voix des revenus du ciel :

— Vous voici suspectés de meurtre au premier degré. Demain, l'analyse des empreintes désignera le coupable. Ou, mesdames, la coupable. À moins que vous n'ayez tous tué Clarisse V. ?

Personne ne répondit.

— Vous serez donc gardés à vue jusqu'à demain.

— Qu'est-ce que ça veut dire ?

— Que vous couchez en prison. À Partenais. Dans l'aile des riches.

Ils sortirent : Grace Bellow la fière, la molle Angélie de Montbrun soutenue par Bernard Héon à gauche et par Bernard Cressot à droite, Elvire Simard la méprisante, le chevalin Léopold Dionne. Accusés oui, mais non pas condamnés. Et pourtant, ils allaient comme vers un nœud coulant invisible : avec toute l'existence ramassée dans leurs yeux. Ne pas s'y tromper. C'était la mort par humiliation.

*   *   *

Les gens sont arrangés comme l'*Église pour l'isolement* de Gaetano Pesce. Seul le corps apparaît. Le reste est enfoui. Il suffit de creuser jusqu'à l'âme, d'y fouiller pour découvrir autels de pus, statues de méchanceté, absides de hargne et de rage, bas-côtés de haine, cierges de noirceur.

Je suis semblable aux autres. Mais Martha me tient lieu d'âme. C'est en elle, en Martha, que j'observe mes égouts.

*   *   *

Ce vendredi 14 mai

Depuis dimanche dernier, une dizaine de policiers restaient de garde chez Clarisse V. La brume les a, eux aussi, séquestrés à l'intérieur. Sans cesse taraudés, pincés, piqués par le maître d'hôtel, ils tournaient bourriques. Ce matin, plus de brume. Elle s'était mystérieusement retirée pendant la nuit. Sous un grand soleil enchanté, le temps reprenait sa marche rassurante, et les hommes, leurs façons habituelles. Les policiers ont décidé de déjeuner dehors, sur la terrasse la plus haute, histoire de casser son empois au maître d'hôtel. Vous parquez dix hommes quelque part une demi-heure durant. C'est infaillible. Vous retrouvez dix enfants, agités comme cent, dix bums turbulents, espiègles, insupportables, caractériels, presque débiles. « Hector, vous avez oublié le sucre. » Pendant que le maître d'hôtel redescend à la cuisine, un policier plonge la main dans un vase, en sort le sucrier et tout le monde prépare son café en rigolant. Après le déjeuner, la table était à peu près débarrassée.

— Faudrait quand même ramasser nos choses.

— On va avoir de la misère à tout retrouver.

— Y a trop de vases.

— Commençons tout de suite. La marmelade ?

— Dans le vase, là.

— Non.

— Dans l'autre à côté ?

— Non.

— Dans celui devant ?

— Non.

— On regarde partout.

— J'ai le beurre.

— Les serviettes.

— Un couteau.

— Un croissant.

— Un œuf à la coque.

— Hé, les gars ! Je viens de trouver des papiers !

C'était deux testaments en bonne et due forme, olographes, postérieurs aux testaments notariés et les révoquant en une caducité très légale. Le premier, d'Edward V., faisait de son épouse la légataire universelle de tous ses biens « sur terre, sur mers et dans les airs». Le second, de Clarisse V., léguait la totalité de sa fortune à la Société des alcools du Québec. «À la condition *sine qua non* de baisser de moitié le prix des vins et spiritueux durant une période ininterrompue de quatre-vingt-dix-neuf (99) ans. Les pauvres sont tellement drôles quand ils sont saouls ! En cas de refus, vous démontrez que vous êtes des trous du cul. Faites votre devoir : allez chier. Saine de corps et d'esprit, ivre à peine, je laisserai donc le tout à la même Société ontarienne, ou à ce qui en tient lieu, ou à l'Association des détaillants en ivrognerie... Je sais pas comment ça

s'appelle. Trouvez-le. J'ai été assez claire là-dessus.
Bonne chiasse, les boys!» *

* * *

Moi, à la première heure ce matin, j'ai demandé
qu'on libère les suspects.

— Mais, monsieur...

— Ils sont tous innocents! J'en ai la preuve. Vous
lirez mon rapport!

— Bien monsieur.

— Et transmettez poliment les excuses officielles de
toute la police de la CUM. Il y a un formulaire à cet effet
au secrétariat.

— Voulez-vous les voir?

— Plus jamais!

M'inspirant de ces notes, j'ai tapé le rapport d'enquête. En fin d'après-midi, je l'ai envoyé au service
concerné. Ça regarde maintenant le coroner. Je m'attends à une convocation urgente. Je l'entends:

— Mais c'est impossible!

— Relisez, monsieur le coroner. *Relisez.*

Et puis je suis rentré chez moi. Comme je le fais
toujours ou presque. Comme je l'ai fait mercredi passé.

Les confidences me répulsent. J'étais à bout de nerfs.
Je m'étais juré toutefois de lire le truc de Baby's Own.
Comme de raison, Martha m'a sauté sur le dos.

---

* Le gouvernement a promptement réagi. Au téléjournal de ce
  soir, un porte-parole déclarait ne pas pouvoir accepter une telle
  proposition «indigne en ses termes et indigne de notre volonté
  de promouvoir la santé publique».

J'ai pris un bain bouillant. J'y pense tout à coup : la vapeur opaque de l'eau (je ne pouvais pas distinguer mes cuisses) était peut-être déjà de la brume. Je me suis réveillé dans la baignoire, en pleine nuit, grelottant, chiffonné, ratatiné.

Ce fut jeudi, encore et encore, un jeudi répété, un interminable jeudi, démultiplié. Un jeudi de brume. Solide. Dure. Infranchissable. Un jeudi qui spinait sur sa route. Un jeudi *arrêté*, complice d'une brume immobilisante. Qui nous a enfermés, emprisonnés, claquemurés. Même Martha la bolide : sitôt dehors, elle étouffait. Nous étions tous enterrés.

Ce jeudi déraisonnable, fou, radoteur, je l'ai passé à écrire mes déraisons, mes folies, mes radotages. Forcé à la stagnation par la brume, à l'isolement, assujetti par elle, à moi-même attaché (l'oiseau de Martha est mort hier soir d'avoir trop regardé par la fenêtre), j'ai voulu réfléchir, comprendre, accepter l'horrible : l'inhumain.

Malgré tous les moyens techniques, Baby's Own n'avait relevé aucune empreinte dans la bibliothèque de Clarisse V. La couche de poussière recrouvrant la pertuisane était égale, unie, vierge. *Personne* ne l'avait touchée.

Ce matin, brume repliée (mais en quelle armoire ?), j'ai consenti. Il y avait du soleil et j'ai souscrit à l'irréalité. À présent le soleil se couche et je n'ai pas peur. J'ai dit oui. Je répéterai oui. *Il n'y a pas de meurtrier parce que c'est la semaine des quatre jeudis.*

— Relisez, monsieur le coroner. Relisez.

*   *   *

Ce samedi 15 mai

Relents de jeunesse. En ce temps-là, tout m'était bon de ce qui m'était doux. Mais mon âge adulte est un âge rude. Bien sûr il faut compter l'innombrable Martha, ce rouleau de papier sablé. Je sais cela, ne peux l'oublier. Mais c'est fondamentalement injuste. Martha aurait dû mourir à la place de Clarisse V. Les semaines des quatre jeudis existent-elles vraiment ? Et comment patienter jusqu'à la prochaine ? Et comment être sûr de la faveur du hasard ?

Tuer Martha ? Ou me tuer ? Je n'ai pas ces courages. Quitter ? Et pourquoi ? Je ne peux plus recommencer maintenant. Il est trop tard, inspecteur. Comment Bernard Héon — ou même son père : oui, je l'accepterais lui aussi — pourrait-il être attiré par moi ?

Je vais continuer à vivre. Comme une flamme avide d'oxygène. En souhaitant que la chandelle brûle au plus vite.

TABLE DES MATIÈRES

COMPOSÉ AUX ATELIERS
GRAPHITI BARBEAU, TREMBLAY INC.
À SAINT-GEORGES-DE-BEAUCE

Achevé   Imprimerie
d'imprimer   Gagné Ltée
au Canada Louiseville